幼《よう》姫《き》妃《ひ》

大和田由希江

文芸社

幼姫妃＊もくじ

第１章

望まぬ結婚と出産

第１章　望まぬ結婚と出産

遠く遠く昔の冬の頃のこと。

西洋のどこかの国の、どこかの貴族の城の一室では、十数名の侍女達が、思い思いの場所に腰かけて、刺しゅうを楽しんでいた。

外では雪が降りしきっていたが、誰もが口許に笑みを浮かべ、室内は暖かく華やいだ雰囲気に満たされていた。彼女等は城を彩る、生きた花。

その花から花へと飛び移る一羽の蝶。六、七歳ばかりの女の子。ひらひらと、ひらひらと飛ぶうち、一つの花のところに止まった。彼女は黒檀に縁取られた窓辺にいた。女の子はちょっとつま先立って、縫いかけの刺しゅうをのぞいた。見事な一輪の花が咲こうとしていた。

「わぁ、素敵。私にも」

やらせて、とみなまで言わず、女の子は手を伸ばした。

「痛っ！」

何事、と全員の視線が、声のほうへと集中した。

「きゃぁぁ‼」

かの侍女が両手で口を覆い、何か恐ろしいものを見たかのごとく、目を見開いて立っていた。

そばの者は視線の先をたどり、ぎょっとした。

女の子の人差し指に一つの傷がつき、ぽたり、ぽたり、ぽたりと血が滴り落ちた。

「大変っ！　お嬢様の指から血がっ！」

暖かく華やかな雰囲気は一転し、冷えびえと殺伐とした空気によどんだ。全員がざわめき、動揺が広がる。

女の子は驚いた様子で指を眺めた。傷口から血が滴り落ちる。全身から力が失せていくのを感じ、目まいに襲われた。意識が遠のき、瞳が閉じられる時、ぼんやり映じたものは、降りしきる雪の白、窓わくの黒檀の黒。

怪我をし、倒れる彼女を優しく抱き止める大きな手があった。しわの目立つその手は、女の子の指を布でくるむと、握りしめた。

よどみをさらに深めるように、神経を逆なでする騒々しい足音が近づいてくる。音からひどく慌てているのが察せられた。今度は何事、と一同の視線が一つのドアに集中した。だんだんとそれは近づき、やがてドアの前で止まった。すると勢いよくドアが開き、悲し気に目を潤ませた、一人の侍女が現れた。

彼女は涙声で、こう告げた。

「お、お殿様が亡くなられました……」

歳月は流れて——。

幾度目かの冬。

女の子はすらりとした容姿の美少女に成長していた。その顔は冷たい印象を与えるが、微笑めば愛らしさに輝き、幼き頃がしのばれた。

その微笑みをたたえ、少女がある一室に入ってきた。侍女達はあの時と同じく、刺しゅうにいそしんでいた。

侍女達がひどく狼狽した様子で片付けようとするのを、

「よいよい。そのまま」

手で制する。

「はい……」

「できばえは？」

令嬢には似合わぬ快活な足取りで見回り、歩く間も何か落ち着かぬ様子である。

「ほお、見事じゃな」

「ありがたく存じます……」

「それより、こちらの色のほうがよいのでは……」

「は、はい……。そういたします」

侍女は、彼女の批評にもどこか生返事である。

やがて一人の侍女が、少女の目に入った。少女は目を見張った。彼女は椅子と縫いかけの物を持ち、移動しかけているところであった。

黒檀の窓わくを背にし、しかも、外ではあの時と同じく、雪が降りしきっている。

途端に目つきが険しくなった。

様子を察し、侍女達に緊張感が走った。

少女は素早い足取りで、その侍女の目の前に立っていた。かわいそうに、侍女は緊張と恐怖に動けないでいる。

少女は金切り声を上げた。

「窓辺で縫い物をするなと言うておいたではないか‼」

「……」

「なぜ返事をせぬ！」

「……」

「お許しください。この者は、ついこの間お城に上がったばかりで……」

「お前には問うてないっ！」

先輩格の言上も聞き入れられない。

「……」

「何か申せ！」

「はっ、はい」

気圧されて返事をした。と、右手の人差し指に痛みを感じた。されど確かめるゆとりはない。少女の凄まじさに怯えるばかりであった。

が、少女の様子がおかしい。見る見るうちに青ざめていく。何だろう、と視線の先を見ると、ぴんと張られた布の一部が、赤くにじんでいた。

血の赤、黒檀の黒、雪の白が重なり、それらはあるおぞましい記憶を思い起こさせた。

意識が遠のきそうだった。幼き頃ならばこのまま倒れるだけだが、意地と誇りにかけて、少女は懸命に踏ん張った。

その時、この場に不釣り合いな、のどやかな声がした。

「まあまあ、お嬢様。許してあげてくだされませ」

少女の隣に控える老女から発せられたものであった。その声で少女は自分を取り戻した。そちらを見ずとも、声の主が誰かは分かる。

「さようか。そなたが申すのであれば……」

顔に赤みがさしつつも、口調も厳しく、眼差しは冷ややかに侍女を見据え、

「許す。じゃが、以後は気をつけよ」

くるりと背を向けた。侍女の目に安堵の涙がにじんだ。

「よかったのぉ、あんた」

侍女の手をいきなり掴む手があった。しみがある、しわだらけの手であった。侍女はそのあまりの不気味さに、思わず手を引っ込めた。

同時に顔を上げると、しわくちゃの顔で、にたっと笑う老女がいた。

「どうやら、血は止まったようじゃ」

老女は持っていた巾着袋から、コンパクト大の小さな陶器の入れ物を取り出すと、ふたを取って中のクリーム状のものを人差し指で取り、侍女の傷口に塗ってやった。

「念のため、毎日塗っておかれるとよい」

入れ物を侍女に持たせてやると、うんうんと、二度うなずいた。そして、ややゆっくりめながら、しっかりとした足取りで少女のあとを追った。

「誰ぇ、あのお婆さん」

かの侍女は手をさすりながら、顔と同じく露骨に嫌悪の情を声ににじませ、誰にともなくつぶやいた。

先ほどの侍女が、

「産婆だそうよ。王妃様を取り上げた」

「何だか、不気味ぃ……」

「しっ、もう少し声を下げて。年がいかれてから授かられたから、亡くなられた父上様の喜びようと言ったら。難産だったそうで無事、産まれてこられるか危ぶまれて……。もう並大抵でなかったそうよ。

それでお城に住むことを許されて。お婆さんは遠慮したそうだけど。父上様が是が非でもと懇願されて。王妃様はたいそうひ弱に産まれたから、心配だということで。今では王妃様が片時も離さず、どこでも連れて歩かれるのよ」

「まるで乳離れできない赤ン坊……」

言いかけて侍女はぎょっとした。

老女の頭越しに、少女が無表情でこちらをにらんでいたのだ。

先輩格の女は涼しい顔で戻っていった。

老女がそばに来ると、少女は再び微笑んで、歩調を合わせるように、ゆっくりとした足取りで姿を消していった。

「大丈夫？」

再び侍女の手を取る者がいた。美青年？　いや少年だろうか。思わず口が半開きになった。

「新しく入ってきた娘《こ》でしょ」

「は、はい」

「かわいそうに……。でも気にしちゃ駄目だよ」

「はい、ありがとう存じます」

「これから気をつければいいから」

少年は侍女の手の甲に口づけすると、

「じゃ、頑張って」

囁き声と微笑みを残して去っていった。

「どなた？」

「王妃様づきの方よ。素敵でしょ」

侍女は答えず手の甲をほおに当てて、恍惚として少年の背を見つめた。

一人の侍女が少年の手を掴んで言った。

「今日は王妃様、会議じゃ？」

「ごめんごめん」

「あなたの情報も、いいかげんなものね」

「王妃の気まぐれさ」

「ま、いいわ」

許されて、少年は部屋を出た。

少女のそばに追いつくと、

「かの者に、きつう言い聞かせてまいりました」

「さようか。それはよきこと。そういえば、よきことを聞かせてくれたの」

「よきこととは」

「例の、父上とあの男の」

話しながら廊下を歩いていると、従者を従えた、口ひげとあごひげを生やした男に出会った。

少女は膝を曲げお辞儀をして、男が通り過ぎるのを待った。

男は近寄ると、

「王妃よ。かような所におったのか」

男は国王であった。

少女は身体を起こすと、

「何かご用にございますか」

「何か用かではない。もうじき会議の時間ぞ。そなたにも出席するようにと、申し伝えたはず」

少女の顔に面倒だという色がよぎったが、すぐに愛想よく、

「その儀はお断り申し上げたはず、しかと」

「そろそろ、そちにも王妃として国政にかかわってもらわねば」

「まだ、時期尚早と存じますが」

「いや、早すぎるということはないぞ。今は何も意見を求めぬ。ただおればよい。その中で学び、為政者としての能力を養っていけばよい」

「出席いたしませぬ」

にべもなく拒否されて、王は少し頭にきた。

「もう少し王妃としての自覚を持たぬか。しかも、お前は一定の領地を所有する当主であろうが」

「陛下は変わり者にございますな。普通、殿御《とのご》は女《おなご》が政治に口出しするのを嫌がるものを」

「よそはよそ。余は余じゃ」

「本心にはございますまい」

少女は含み笑いをした。

「何じゃ？」

「本当はさせとうないのになさるのは、男の沽券にかかわるからにございましょう。妾《わらわ》を意のままにできぬでは。さらに国王としての威厳も、妾のような一領主を従えさせ己の意のままにできぬでは、面目も丸潰れ」

国王の顔が怒りに引きつる。

「さような口をきいて……」

「よいと思うておるのか、と問いたい。そのお言葉、そのままお返し申したてまつります る。陛下こそ、お口のきき方にお気をつけなされませ？　貴公、誰のお陰で国王になれたと思われまするや」

「それは諸侯のお陰と思うておる」

「その諸侯の中に、亡き我が父上もおられたこと、よも忘れられてはおりますまいに」

「忘れてはおらぬ」

「しかも、ご自分が国王になられたやもしれぬに、貴公に譲られたと聞く」

「それは事実じゃが……」

「されば父上は貴公の恩人。その恩人の娘じゃぞ、妾は。粗略に扱うでない！」

少女は国王をきっと見つめ、不遜な笑みを浮かべ、背を向けた。

王は顔を紅潮させつつ、

「待てっ、会議には……」

「出席いたしませぬっ！」

少女は振り返らず答えた。

彼女を憎たらしげに見つめながら、従者が、

「よろしいので、あの娘にああ言わせておかれて」

王は黙して少女の背中をにらんだ。

（何、今は言いたいだけ言わせておくさ……）

そう心で思いながら。

王も元来、一貴族であった。前国王が跡継ぎを残さぬまま、崩御した。何名かが候補に名乗りを上げ、最終的に現国王と少女の父が残った。勢力では彼女の父のほうが勝っていた。

しかし、多くの貴族達が現国王側につき、形勢不利と見るや王位を譲ったのだ。支持者もいた。戦を起こせば王位を得られぬこともなかった。だが、遺恨は残る。

当時、国王の権限は我々の思うほど強くなかった。数多くの貴族達の筆頭、国家という名の共同体の利益代表者程度の地位でしかなかった。貴族達は己の領地内のことに干渉されるのを好まず、そのため国王としてはあまり勢力の強くない者のほうが、都合がよかった。少女の父がそのまま王位に就けば、必ず反乱を起こされる。

それよりは貴族のまま、変事が起これば国王・反国王、状況に応じて有利なほうにつき、家名を残す道を選んだ。国王の地位よりお家を大事としたのだ。

その頃、ちょうど少女が産まれたのだ。

さて、王というのはその程度の地位であったが、最近では違っている。着実に所領を拡げ、勢力を増し、国力が向上していた。

少女の幼い頃には、彼女の家と肩を並べるまでになった。父親が亡くなったのは、そういう時期であった。

少女を追う一団。それは常に少女のそばにいる家臣団。皆一様に恐々とした面持ち。皆彼女を責めなじる。

「いけませぬぞ。あのような物言い」

「今少し素直になられ、陛下の仰せに従われませ」

「さようにございますぞ。今、お家の置かれた状況をお考え遊ばされ、王妃様」

少女がぴたと立ち止まった。

「王妃、じゃと」

凄まじい形相で振り向かれ、一同はっとして動きを止めた。「王妃」と呼んだ男はしまった、という顔をした。

「王妃」という呼称で呼ばれることを、彼女はひどく嫌った。令嬢としての束縛がありながらも、まだ自由があった頃の呼び方を好んだ。王と公の前に出る以外、未だに自分を「お嬢様」と呼ばせ、国王方にも徹底させていた。

家臣にしてみれば、王妃としての自覚を持ってくれることを期待したのだが……。

「では、お嬢様、おとなしく王様の仰せに」

「従えぬ！」

一喝すると元の顔に戻って、老女に、

「まいりましょ」

と呼びかけ、去っていってしまった。

（大っ嫌いじゃ）

胸には炎が燃えさかっている。彼等を恨んでいた。


幼き日、気を失っている間に、人生が一変していた。正確には前領主である父が亡くなった瞬間から。

居合わせた家臣達だけで、緊急会議が開かれた。

「まさか、あの乗り手のお殿様が落馬なされるとは」

「この雪の中、ツーリング《とおのり》に出て行かれるからだ」

「しかも次期領主が、幼いとあっては心許ない」

「このままでは、諸侯方から滅ぼされてしまいますぞ」

嘆きと不安の中、結論が下された。

「かくなるうえは、王家と婚姻を交わし、庇護を求めるより他なし」

結論はただちに実行された。冬の時季は動かぬほうがよかったが、事は急を要した。

ベッドの中で目覚めると、そばにいるはずの老女がいなかった。代わりに家老格の男が一人いるだけであった。幼女は老女がいつも目の届く範囲にいないと、不安であった。

幼女は寝具を握りしめ、

「マンムは？」

怯えた眼差しで尋ねた。老女のことをいつもそう呼んでいた。

「大丈夫、あとで会えますよ」

優し気な男の顔と口調で、少しほっとした。

「それよりも、目覚められて早々恐縮に存じますが、お出かけになられていただきたい所がございますので」

「マンムは来る？」

男はにこにこと、

「ええ、まいられますとも」

幼女は完全にほっとした。

「よかった。で、どこに行けばいいの？」

いつもより豪華に着飾らせられ、馬車に乗り込もうという時に、幼女は再び不安に襲われた。ちらりと車寄せのドアを振り返った。

「ご安心なされませ。かの者もあとからまいります」

にこやかな男の言葉を信じ、三度《みたび》ちらっと振り返ると、馬車に乗り込んだ。

見知らぬ城の一室で、一人しばらく待たされたあと、あるドアの前に連れていかれた。

そこに行くまでに、何度も不安な視線を投げかけるたび、男は、「大丈夫にございますよ」とか、「ご安心なされませ」と、終始にこやかであった。

ドアの上には魔物が彫刻されていた。見覚えのあるその魔物は、老女がこう教えてくれたものだ。

『あのように醜うされておりますが、私達を見守ってくださる、本当は慈悲深い、ありがたい神様にござりまするのじゃ』

何だか、守られている気がして、勇気が湧いた。

ドアが開かれ、通路の向こうに待っていたのは、三人の男達。十字架にはりつけられた男、僧侶姿の男、そして国王。

手足にくぎが打たれ、流れる血も生々しい男にひるむこともなく、堂々と足を進め、国王と僧侶の待つ祭壇へ着いた。

僧侶は聖職者だけが用いる、不可解な言語をつぶやきだした。

幼女は隣の男を見た。

(誰なんだろう。このおじさん)

当時二十代なかばの国王。この頃にはすでにひげを生やしていたために、老けて見えた。

僧侶に視線を移し、ぼんやりとして聞いていると、突然国王が言った。

「誓います」

肩をびくつかせ僧侶を見れば、自分に何事か尋ねているので、思わず幼女は、

「誓います」

と言ってしまった。

すると、王が身を屈め、上から覆いかぶさり、唇と唇を軽く触れさせた。

幼女は驚き、さっと身を退いた。

(なっ、何⁉)

口の端やほおにするいつものとは違った。わけが分からなかった。

次に幼女は豪華な作りのベッドの中にいた。鼻歌をうたい、布団から両手を出し、足と共にパタパタさせながら、顔は満面の笑みに輝いていた。目尻を下げ、口の端を目いっぱいに上げ、胸は嬉しさに弾んでいた。

(もうすぐ会えるぅ……)

足音が近づいてくる。幼女は鼻歌をやめ、手足を止めた。笑みも消えた。違う！　不安に襲われ、布団を握りしめる手に冷や汗がにじむ。動悸が激しく速くなる。

やがてドアが開き、音に弾かれるように半身を起こした。

入ってきたのは見知らぬあの男であった。

心臓が止まるかと思った。

ドアが閉じられた。

「ひゃぁぁぁ!!」

幼女は涙を叫び声ににじませ、ベッドから飛び降り、飛ぶ鳥の速さでドアに駆け寄った。開けようとするも、外側から鍵がかかっているらしく、なかなか開かない。激しくドアを叩き、叫ぶ。

「開けて開けて開けて！」

ガラス玉の如き恐怖の涙が、目の縁に光る。

「誰っ、このおじさんっ……マンム？　マンムはどこぉ!?」

いくつもいくつもガラス玉がこぼれる。

「いやぁぁっ、助けてよぉ……」

ついにはほおを濡らす。

「ふぁんムゥ……ふぁんムゥ……」

涙にむせびながら、呼べども叫べども誰もこない。そのうち、幼女は叫ぶのをやめ、ドアノブに手をかけたまま、ずるずるとくずおれた。ただただすすり泣くだけであった。

ふいに、両脇の下から抱きかかえられた。

「いやあ。離してぇ」

手足をばたつかせて抵抗するも、無駄であった。いとも軽々と運ばれ、ベッドに腰かけさせられた時、幼女は表情を失くした。手足から力が抜けた。

「安心せよ。今宵は添い寝だけじゃ」

男の声も何の響きもなく、身体を通り抜けていくだけであった。添い寝だけでも見知らぬ男との夜は幼子には衝撃であった。

まるで人形のごとき扱いでベッドに横たえられ、死人《しびと》のような、魂の凍りついた一夜を過ごした。

気を失う前に見た物――血の赤……黒檀の黒……雪の白……それらは彼女にとって不吉の前ぶれであった。

凍りついた魂を溶かしたのは、あの老女であった。翌朝、男はもういなかった。空《うつろ》な眼で幼女は横たわっていた。ドアが開いて、黒いとんがり帽子を被りマントを身につけた老女と、少年騎士が入ってきたのも気づかなかった。

老女はベッドのそばにひざまずいた。

「お嬢様」

声はすべてを語る。凍りついた魂に唯一響く声のほうに、幼女は顔を向けた。見る見るうちに生気が戻り、命の輝きが瞳に煌めいた。

幼女は起き上がると、老女の胸へと飛び込んで泣きじゃくった。ひとしきり泣いた。ふと、別の者の気配を感じ、そのほうを見ると一人の少年騎士がドアの前に立っていた。

年の頃十二、三。少年のもっと若い頃の姿であった。一年ほど前から仕えていて、衝撃的な一夜のあとにも、何の嫌悪感も感じなかった。目に涙をためて申し訳なさそうにうつむいている。目の縁には殴られた跡があった。彼は、

「申し訳ございませぬ。お力になれず……。ただ、このことだけは申し上げたく。マンムをお責めになられますな。皆様に閉じ込められ、いかんともし難かったのでございます」

幼女は赤く泣きはらした顔で目に涙をため、首を振った。

「ふぅん。悪くない悪くない。二人とも悪くないっ」

少年の言葉で全てを悟った。幼女は激しい怒りの思いのたけを込めて叫んだ。

「悪いのは奴等だわ！」

家と家との関係で婚姻が考えられた時代、政略結婚は何も珍しいことではない。

だが、彼等の行為は完全な組織的犯罪であった。

「さ、ともかくお逃げに」

少年に促され、脱出を試み城内を走っていると、目の前に現れたのは国王。柔和な笑みで、

「どこへ……誰かおる！」

すると幾人かの衛兵が駆けつけた。

「妃を除き、牢に閉じ込めておけ。あとでしかるべき判決を下す」

国王は目を細めて幼女を見つめた。

「――」

幼女は全身の力が抜けていくのを感じた。

少年の腕に衛兵の手が伸びた。少年は振り払おうとするも、殴られ、床に組み伏せられてしまった。

老女にも伸びようという時、幼女の金切り声が響いた。

「いい子にするから、何もしないでっ‼」

思い出すだに鳥肌が立つ。

そして、今いるこの城が、その忌まわしい記憶の残る場所であった。

少女は思い出したように少年に向かって、

「おおそうじゃ。そなたはよいことを教えてくれたの。父上とあの男の因縁を」

目を細めた。

「いいえ、お礼にあずかるほどのことでは」

「何を申す。お陰であの男を黙らせることができるわ。今頃は歯がみをして悔しがっておろう。ああ胸がすくわ」

はずであった。が、何だか気分が悪い。

少年はさも同感だというように、口許に笑みを浮かべてうなずいた。

少年の父は前《さき》の領主、すなわち少女の父側についた貴族の一人。息子に現国王の即位の経緯を聞かせていた。

ちなみに、彼が他家に仕えているのは次男だからだ。跡を継げる長男以外、身を立てていくには、他家に仕えるか、裕福な未亡人のあと釜に入るか、聖職者になるかのどれかであった。

少女は堪えきれず、うっとうめくや、手で押さえるのも間に合わず、その場に汚い物を吐き出してしまった。汚物と胃液の臭いに刺激され、さらにもう一度、ドレスの胸元からスカートの部分にかけて。

（いかなる時も、優美であらねばならぬ身の自分が……）

恥ずかしさに顔を染め、立ち尽くす。

そんな彼女の口やあごについた物を、丁寧に拭きとってやりながら、老女は、

「お嬢様、もしや、御子《おこ》様が」

少女は驚愕の表情になった。

あの日以来、幼すぎるという理由で免れてきた。だが初潮が訪れてから、男と女のことをせねばならなくなった。そのたびに魂を凍りつかせ、事が終えたあとには、記憶の底の闇深く、葬り去り、なかったことにしていた。

だが、具体的な性交渉の証しを宿している。顔は青ざめ、全身の力が抜け、その場にへたり込んだ。

やがて、目から大粒の涙がこぼれ、顔をくしゃくしゃにして泣きじゃくった。

「いやじゃいやじゃ、絶対いやじゃあーっ‼　ふんふんふーん」

大きくいやいやをして、その様子はまるでだだっ児であった。

老女は今度は胸元を拭き取っていた。

老女の言葉を耳ざとく聞きつけた、家臣の一人が走っていった。

知らせを聞いた王の顔が、歓喜に輝いた。

老女は、なだめるように、優しい口調で、

「ほらほらお嬢様。泣くのをやめられませ。祝福すべきことではございませぬか。せっかく授かられたお命。お腹の子がおかわいそうにございますよ。さように泣かれましてはの」

にこやかに言うので、少女は泣くのをやめた。鼻水をすすり、

「じゃ、マンム取り上げてくれる？　母上から妾を取り上げてくれたように」

少女は潤んだ瞳で見つめると、甘えた声でこう言った。

老女はひとつふたつうなずき、

「はいはい、真心を込めて務めさせていただきますよ」

少女の手を取って立ち上がらせた。

そこへ国王が駆け寄ってきた。

「そなた、懐妊したそうじゃな。めでたいめでたい。ところで、産婆はこちらで頼むゆえ、そなたはゆるりとせい。年も年ゆえにのう」

王は老女に向かって口許に笑みを浮かべ、こう言った。だが、目は笑っていない。

少女は表情を硬くして、老女の手を固く握りしめた。

目が笑っていないのは老女も同じ。にこやかに、

「ありがたく存じます。ですが、お断り申し上げます。前の領主様に、お嬢様のことを頼まれておりまするで。最期のご奉公と思って、精一杯務めさせていただきまする」

やんわりとした物腰の中に、毅然としたものが感じられた。

王の言う産婆とは、老女のとは違う宗旨の教団が運営する大学で学び、産婆となった「新しい産婆」のことである。

しかし、老女の産婆仲間達の情報では、彼女に任せて母子ともに無事ということは難しかった。

(そのような者に大事なお嬢様を任せられようか!)

空白があろうが年であろうが、決して劣らぬという自負があった。

(母子とも無事、お産させてみせる。お嬢様も御子様も)

信念にも似た強い思いが、彼女を駆りたてた。

(我が命に換えても……)

ちなみに、当時の医療の担い手は女性達であった。この産婆もその道には通じていて、民衆から敬われていて、安産祈願の御守りとしては、ほうきが用いられた。

医術が魔法に、御守りが乗り物に変じて、彼女達は魔女のモデルとなった。

それが王には迷惑であった。古来よりの信仰に生きる王がいる中、自分はそれをあっさりと捨て、新しい信仰に生きることを選んだ。へたをすると異端者の烙印を押される。

少女はほっと安堵の色を浮かべた。ただひとつ、『最期のご奉公』という老女の言葉が心に残った。

「さようか。好きにせい」

国王は許可した。


出産は秋も盛りの頃であった。

後に少女の母が彼女を産んだ時より軽いと聞かされたが、彼女には信じ難かった。

苦痛は想像をはるかに超えるもので、幾度となく意識が遠のきそうであった。自分が自分でないような感覚にとらわれた。

（もう二度と子供なんて産みたくない）

汗で乱れ髪が顔にはりつき、病みやつれた様子で産褥《さんじょく》の床につく中、少女は思った。

「おめでとう存じます。元気なお姫様にございます」

まだ赤紫色をした、しわしわの赤子を、これまたしわしわの手で産湯につからせながら、老女は笑みくずれた顔を少女に向けた。

少女は薄く笑った。とても誇らしかった。報われた心地であった。疲れも吹き飛んだかに思われた。

国王が満面の笑みを浮かべ、部屋に入ってきた。

老女はさっと顔を伏せた。

彼女に注意を払うことなく、少女を労う。

「ようやった。ご苦労、ご苦労」

彼は礼拝堂に籠もって祈り続けていた。

（男でも女でもよい。とにかく無事に産まれさせたまえ。姫でも王子でも両家の立派な跡継ぎ、我が王家の領土も拡がる。無事に育ってくれればこのうえなしじゃ）

子が少女《はは》の領土を受け継ぎ、王位も継げば、少女の実家は王家に統合される。王室は国内最大の領地を保有することになる。

王が急な申し出を受け入れ、その日のうちに、しかも幼女と結婚したのは、こういう意図があったのである。

（これで両家の絆は盤石となる）

王家は姫に婿を取らせて存続させればよい。そうすれば、さらなる領土の拡大が見込まれる。

（問題は婿殿と実家がおとなしくいてくれるかじゃが……）

つまり、素直に言うなりになり、政治に口出ししなければよいのだ。

「さて、名前じゃが……。そうじゃ、白雪、白雪じゃ。そなたが懐妊しておると分かった時、雪が降っておったであろう。その雪のごとく美しゅう育つようにのう」

少女は国王が聞きとりづらい、か細い声でつぶやいた。

「不吉な」

胸騒ぎがして、老女に目をやると、彼女は今にも泣き出しそうな目で、顔面を蒼白にした。

白雪と名づけられた赤子を抱きかかえ、老女が床に倒れ伏していたのだ。飛び起きて助けたい気持ちはやまやまであった。が、出産で体力を消耗した身体では、いかんともしがたかった。

意のままにならぬ我が身が歯がゆく、情けなかった。ない力を振り絞ってようやく喘ぐように、

「マンムを助けてっ……」

あとは人に任せるより他なかった。祈るしかなかった。

（お願い、死なないで……。死者の国の使い様ぁ、連れてっちゃ嫌だ……。神様ぁ、マンムを助けてよぉ……）

不安と恐れとが涙となって、目の縁ににじんだ。

（何？　何で？　何でこんな……私、悪いことでもした？　悪い子だったから……？）

第２章

父上さえ

　さらに歳月は流れ――。

　少女は美しさにますます磨きがかかり、厳かな印象を与える女性に成長して、城内の会議室で、国王以下閣僚らと共にテーブルを囲んでいた。

　会議独特の張り詰めた空気の中、居並ぶ重臣達に混じっていても、若い王妃は堂々たる構えで席に着いていた。

　国王は得意満面の様子であった。今や国内随一の大領主となり、強大な勢力を誇っていた。国王の権威も高まりつつある。国状も比較的安定している。ひとまず国内が治まれば、次に彼が考えたのは、外国への遠征である。

「では次に、反乱らしき反乱もこれなく、世は平らかである。ここで、異国に遠征し、我が国の強大なるを示し、栄光を高めんと考えおるがいかに」

　右に左に視線をやった。

一同しんと、おし黙っている。誰一人として、国王に異を唱える者はいなくなっていた。ただ、一人を除いては。

「今年は戦はお控え遊ばされ」

「王妃よ、なぜに？」

「昨年の不作により、一昨年のわずかな貯えでしのいでおりますするので」

「それについては、城の穀物倉を開き施すことで解決しておる。各貴族達にも布令を出した」

「それでひとまずは落ち着きましょう。が、来年はいかがなさいまするや。今年も不作なれば、民百姓なお困窮いたしまするぞ」

「大丈夫ぞ。昨年はともかくといたして、何年かの豊作により、貯えは十分にある。それよりも、我が国は何年も異国と戦をしておらぬ。ここで威勢を示さねば、侮られ攻められようぞ」

「戦には兵糧がいりましょう」

国王は何を分かりきったことを、という目で、

「さようじゃが……」

「戦が長引かば、いかがなりましょう。兵糧に貯えを費やし、もし、いえよしんば豊作だ

ったとして、その恵みまで徴収さるるば……」

「能《あた》う限り長引かせはせぬ」

「さりとて死者は出ましょう？」

「さようなことを申したら、戦などできぬ。少々の犠牲はつきものじゃ」

「年貢を取られたるうえ、逆に攻め込まれ大事なる稼ぎ手を失われた、妻子達の悲惨ぶりを察しくだされ」

　王妃はうすら寒さを覚えた。が、面に出さなかった。

「安堵いたせ。そのことに関しては、手厚く暮らしが立ちいくよういたす」

「申し上げまするが、もし、戦へ赴いている間に、民衆に蜂起さるるば、何といたしまするか？」

「何を言うかと思えば……」

　王は考え込む顔になった。

　当時の領主の城には武器も兵士の数もたいしてなく、反乱を起こした民衆に、いとも簡単に城を奪われてしまうということがあった。

　その民衆の反乱を陰ながら支援し、表向き遠慮しながらも、懇願により支配を承知する、という形で領土を拡大していったのが現国王である。

自分の支援によったとはいえ、領主を撃退せしめる、民衆の破壊的な行動力、凄まじさには恐れを覚えた。民衆の多くは農民であった。

その農民達に王妃の人気が高かった。

(王妃と争うは避けたいが、このまま引き下がれば国王としての面子が……)

「……」

「ともかく、今年は戦をせずに、内政にお心を傾けられませ」

「……」

無言の国王に対し、王妃は問うた。

「よろしゅうござりまするか……」

国王の沈黙に、審議は決したのだと見て取り、

「では、妾はこれにて退席させていただきまする」

すっと立ち上がって、しずしずと部屋を出ていった。

そのあとを今や一人前の男となった、あの少年が追った。

会議の席上、ごくまれにであるが、こうしてやり込められたことが幾度かあった。王にしてみれば、王妃は己が権勢を示すためのお飾りであった。

そのお飾りに面子を潰され、腹わたは煮えくりかえるかと思いきや、

（ふっ、たかが人形が……）

内心せせら笑っていた。

「皆が皆困窮しておる今が好機ではないか。今度《こたび》の遠征は、王妃抜きでも行うっ！」

家臣一同、無言でうなずく。

「民衆というものは、己の信奉している者の器量を知りたがっているものだ。奴等に示してやらねば。

妃と結婚するまでは、領土《ちから》を得るのに戦をしたが、十数年も控えてきた。資金も十分にある。余は国王ぞ。もはや一貴族ではない！」

（王妃の傘など要らぬ！）

王妃が戦に反対したのは、父親を亡くした子を憐れむ心が、いささかにでもあったにせよ、民を守るという、聖女的な慈悲の心からではない。

時折、無性に反発したくなる衝動を抑え難くあった。それだけのことであった。

が、今は、何に反発したのかさえ忘れていた。重苦しい空気から解き放たれ、胸が弾む。

優雅に振る舞うことも忘れ、駆け出したくなる心を抑えるのが大変。内心鼻歌も出る。

（マンムのお部屋、マンムのお部屋）

もし、王妃の心の声を聞くことができたなら、それは幼児のそれであった。調子は食事を催促しているのに似ていた。

途方もなく気分が高揚している時には、全てがたまらなく愛しく思えてくるものだ。

ふと、ドアが開いているのに気づき、中を覗いてみた。

鏡台の前で、座席の高く作られた椅子に、幼女がちょこんと座っていた。侍女に髪を梳かれている。髪は黒々としてつややかで、肌は雪のごとく白く、唇は赤くつややかであった。

今年七つになろうという白雪姫であった。黙っていればお人形のごとく愛らしいのであったが……。

王妃は内心ひそかに舌打ちをした。

(でも姿が見えちゃったんだもん。しょうがない)

覚悟を決めた。

(これも母の役目)

『できるだけ子供と接してあげなされ』

老女との約束だ。常日頃、忌まわしき証しとして愛情を少しも感じなかったが……。

「髪を結うのかえ?」

侍女は髪を梳かしながら、恭しく、お辞儀をした。

「妾が結うてやる」

侍女は黙って王妃にブラシを渡す。

意外にも、ブラッシングは丁寧で上手であった。

毛先から始まって、少しずつ上から毛の流れに逆らい、最後には流れに沿って……。

王妃は老女にしてもらった頃を懐かしく思い出し、覚えず顔がほころぶ。鏡の中の姫と自分が、あの頃の自分と老女に、王妃の目には映った。

髪を美しく綺麗に、結いあげ、結い終えて王妃は得も言われぬ幸福感に浸っていた。うっとりと見入っている。

と、やおら姫は髪をかきむしり出した。

王妃は呆然とそれを見つめた。

姫は髪をすっかりほどいてくしゃくしゃにしてしまうと、侍女を見やり命ずる。

「お前がやって」

侍女は王妃からブラシを受け取る際に、「私の仕事にございますのに」とつぶやいた。

姫は、

「そうよね。ところで、今どんな髪型が流行ってるの？　あの女の髪型は古くさいったらありゃしない」

王妃は唇をぎゅっと結んだ。

そこへ、王が入ってきた。相好を崩し、猫なで声で、

「白雪や、そなたはいつ見てもかわいいのう」

姫は微笑んで応じた。これが王妃の心を逆なでた。

(私の前ではつんとすましてばかりなのに……)

「ところで、いかがかな。舞踏会に出てみんとする気はありや」

(え……)

「舞踏会⁉」

姫が瞳を煌めかせた。

「姫様、前をお向きくださいませ」

侍女の注意も聞かず、ボサボサ頭のまま、ぴょんと椅子から飛び降りた。

「うん、出る。出たい」

姫はたたたと駆け寄って、王の膝に抱きついた。

王妃は動揺を隠して言った。

「早すぎませぬか。姫はまだ七つになろうという年頃にござりましょう」

「早うはないぞ。その年頃には、そなたはもう余と夫婦になっておったではないか」

（そ、それは私の意思でなったわけではない！）

腹立たしさが込み上げた。

「そうか。出たいか」

王は姫の手を取って、ゆんさゆんさと振った。

「貴公子達も来るんでしょ？」

「おお来るぞ。そなたの婿候補じゃ。思うがまま、好き放題に選んでよいぞ」

できればおとなしいのをなと、口に出さなかった。へそを曲げられ、出ないと言われては困るからだ。

「お婿さんかぁ」

姫は小さく手を叩いた。

『思うがまま、好き放題に』

王の言葉が王妃の胸に突き刺さった。

姫は、

「そうねぇ」

上目使いに未来の夫像を思い浮かべ、悦に入っている。

その背後で王妃が姫を冷たくにらんでいた。

そうとは気づかず、王の頭はある謀略でいっぱいであった。

（必ずや姫を王妃に替えて領主にしてみせる。そうして、余が後見人として政務を執る。そうすれば、完璧に両家の領土はひとつになる。

何、あれの人気が高かろうが、民衆は必ずや味方になってくれる。そうあらずんば、何のために支援したのか）

反乱を支援した民衆が味方になってくれると信じて疑わない。

（じゃが、いつまでも余が生きているとは限らない。誰にでも死は訪れる……。今のうちに姫によき後見人をつけなければ）

自分の死後のことが気がかりであった。

（それには武勇に秀でておるは言うまでものう、忠誠心に厚い者でのうては）

「よい婿を選ぼうぞ」

自室に入ると、王妃は歩みを速くした。

部屋の豪華さなど見慣れているとばかり、一目散に奥へと進んでいく。奥にはもう一つドアがあった。王妃は乱暴に開け、また乱暴に閉めた。

そこは表とはうってかわって薄暗く、陰気な所であった。窓といえば換気用の小さなものが一つくらいである。

真ん中にはカマドがでんと座し、壁の一面には何段も棚が作られ、陶器製やガラス製の小さなかめが並んでいる。

部屋の一隅には薬草の束が、何束も天井から吊るされ、また別の一隅には表の豪華な作りとはえらく違った、常に彼女の眠る、質素なベッドがあった。

ここで唐突だが、当時は税を中央に収納させるのではなく、領主自ら各地を巡って消費していた。貴族の一生は旅また旅であった。

彼女は実家にも王家にも、このような台所部屋を作らせていた。

ここにひとつの鏡がある。豪華な装飾のない、質素な縁取りのある丸い鏡。これだけは、移動するたびに持ち歩いて、壁の一面にかけられている。

ただし、実家では別で、各城各宮殿ごとに、同様の鏡がかけられていた。

王妃は靴も脱がず、ベッドに飛び乗って、枕を両手でわし掴みにすると、頭上まで持ち上げるや、中身が飛び散りそうなほどの勢いで、三回ベッドに叩きつけた。

それ以上はやらなかった。

何年前からであろう。そのようなことをするようになったのは。ただ、これだけは覚えている。初めてした時、中の羽毛や羽根が散乱し、その様は掃除番から王家方の侍女達へと伝わり、噂になった。

「ええ？　あの王妃様が」

「そうなのよ。一見して雅やかなお方がねぇ」

「まあ、みっともない」

誰からであろうか、くすくす笑う声が聞こえてくる。

その時の恥ずかしさと言ったら、筆舌に尽くし難かった。王妃はこう思った。

（父上さえご存命ならば、かかる人の物笑いの種になるようなこともないものを……）

しばらくして、ふっと枕を離すと、大きくひとつ息を吐いた。口を大きく開け、肩で息をしながら、鏡に顔を向け、呂律の回らぬ口調で、

「かあいくない！」

憤怒と嫉妬が胸の中で激流となって渦を巻いている。

「かあいくないわよ。ねえマンム聞いて。あの子ったらね、人がせっかく綺麗に結ってやった髪を、ぐしゃぐしゃにして。人の厚意を踏みにじって。古くさいですって？　それのどこが悪いってのよ。当てつけがましくやり直させるなんて。本当にかあいくない！　舞踏会ですって⁉　私より一年も長く自由を得ておきながら」

結婚してからも自由に我がままに振る舞うことがあったが、自分では失ったと思っている。結婚を境に。

「そのうえ、思うがまま好き放題にですってて っ！　私は選べなかったわよ、結婚する相手を。自由に選べなかったわよ」

王妃は込み上げてくる思いを、枕の端を強く掴むことで堪えた。

「許せない。許せない、絶対に――」

王妃が姫の部屋に戻ると、姫は今まさに髪を結われんとしているところであった。国王もまだいた。王は尋ねた。

「何用じゃ」

王妃は膝を屈め、

「我が領地に帰郷いたしまするゆえ、しばしの暇乞いにまいりました」

「何、先週帰ったばかりでは？」

とがめだてる口調に王妃はこう応じた。

「今度は別のほうを巡らんと存じまして。いけませぬか？　領主が己の領地にまいるのに、誰はばかることがござりましょうや」

「何もいかんとは言うておらぬだろうが」

「お忘れめさるな。妾が一定の領土を所有する領主であることを」

「ああ、忘れぬ。ゆえに行ってまいるがよい」

「ありがたく存じ申し上げまする。ところで……」

「何じゃ、まだ用があるのか？」

「今度の領地巡視には、姫も同行させたくお許し願い申し上げまする」

「姫を、とな⁉」

「はい。できますれば、当方にて何年か養育させたく。今まで陛下の領内にて育てられたゆえ、我が領地の衆とはなじみが薄うござりますれば、領主と相成りましても、うまく治めていけるか心許のうて。

それゆえ、当地の風土に触れさせ、地勢を覚えさせ、領民達に慕われる領主に育てとう存じまする。さすれば、姫を仲立ちに両家の領民達の友好も、さらに深まりましょう」

ねえ姫や、と王妃は姫に顔を向け――この「姫」と呼ぶのも虫酸が走るが――こう言った。

「将来、そなたが受け継ぐ領地ぞえ」

姫は瞳を煌めかせて振り返った。

「私が受け継ぐっ⁉」

これで決まった。

王が退出しようとする男を呼び止め、手のひらを口許に寄せてきたので、男は身を屈めた。

　王は小声で、

「例の企て、露見したのではあるまいか」

　男は微笑み、

「心配ご無用に。ご自分の結婚に、己の意思の挟む余地がなかったのが、口惜しいのにござりますよ。それゆえの嫉妬にござりまする」

「なるほど。じゃが万が一ということもある。そのほう、姫についておれ。まさかの折には姫を奪還し、無事、連れてまいれ」

「はっ、一命を賭して。姫は救い出してみせまする」

「王命じゃ。是が非でも」

　廊下で追いついた男に、王妃は尋ねた。

「あの男の用向きは？」

「姫様の警護を仰せつかりました」

「さようか」

　王妃は男のことを少しも疑わなかった。ましてや、王の密命など知る由もなかった。

揺られる馬車の中で、姫は母という名の女を見やった。極めて居心地が悪かった。

（父上も来ればよかったのに）

まず嫌だったのは、極めてまれに、しかも一方的にしか構わぬこの女だった。姫にしてみれば赤の他人に等しい。ましてや、自分にとって、第二の故郷となる女の領地も、敵地であった。

森を抜けると、用水路とも小川ともつかぬ、小さな流れに架かる、これまた小さな木造の橋が見えてきた。森はもともと中小貴族のものであったが、今は王室のものになっていた。

王妃は思った。

（父上さえご存命なれば、あの男の手がここまで及ぶこともないものを……）

橋の向こうには、また森が広がり、手前には大きな城が見えている。ここからが王妃の領地であった。

馬車は再び森へと入っていった。

王妃は自分のしていることが、子供じみた無駄な空しい行為だと分かっている。年月が経れば、幼女は成長し、いくつもの恋が通り過ぎ、その中から選び取っていく。

それまでの自由な猶予を与えてしまうだけではないか。空しい気持ちと、口惜しく思う気持ちが、胸の底の奥深く埋められていった。

再び森を抜け、まず最初に出会ったのは、牛に鋤《すき》という道具をつけて、畑を耕させている、一人の農夫であった。

「ご機嫌よう。精が出るのぉ」

「やあ、ご領主様、ご機嫌ようで」

農夫はくったくのない笑顔で、友に対するがごとく、気軽く応じた。

姫は、

(何て無礼なの？　領主に対する、尊敬の念が全く感じられないわ)

王妃は、

「今度《こたび》は我が姫をそなた達に会わせとうてまいった。これが姫じゃ」

ほお、と農夫は感嘆の様子を見せ、そして、また笑顔で、

「これはこれは、お目にかかれて、嬉しゅう存じますだ」

姫はこれに目いっぱいの笑顔で応じたものの、心中ふんっ、という感じであった。

突然、王妃が馬車から降り、畑へと近づいて、どっかと座り込んだ。スカートは広がり、一部は畑の中に入り込んでいた。

姫はびっくりした。

（うわあ汚い。ドレスが汚れるじゃない）

次には呆然となった。

王妃は上体を少し傾け、畑の土を宝石を扱うがごとくすくった。そして、顔を上げ、

「ねぇ、今年は豊作だといいわねぇ」

まるで、友人に対するがごとき口調で尋ねた。

領主が領民を見上げている！　見下すべき対象に、媚びる口調で膝を屈して。呆気に取られた。

しかし、すぐにざまあみろ、という気持ちになった。あの女が高貴なる者の矜持を捨てて、民衆にへつらっている。姫は勝利感から、ひそかに不遜な笑みを浮かべた。

たしかに身分に相応しくない態度ではある。が、民衆の言葉で語らい、民衆と同じ、あるいはそれより低い位置でものを見る。そんな交流が、彼等に強い信頼と尊敬の念を抱かせていた。それがゆえに、彼等にとり、王妃はただお飾りだけの〝聖女《アイドル》〟ではなかった。

農夫は答えた。

「さぁ、去年は不作だったからねぇ」

「ねぇ、今年はどうなりそうかしら。収穫のほどは」

「さあ、これだけは大地の女神様や水の神様方の、ご機嫌次第だかんねぇ」

「そうよねぇ。本当にご機嫌次第なのよねぇ」

王妃は恭しく、土を地面に戻すと、指先で軽く指の土をはらい、

「諸々の神様、今年はご機嫌よろしゅう、豊饒をくだされ給え。御《おん》願い申し上げまするぞ」

空を仰いだ。

姫は思った。

（諸々って。神様は天の父上様一人だけでしょ。それに馬っ鹿みたい、ご機嫌だって。それじゃまるで、大地が生きてるみたいじゃない。

所詮この世は造りものじゃない。天なる父上のお造りになった。生きているにしても、私達のような魂があるはずもなし）

馬車はまた森の中へ入っていった。

だいぶ長く揺られたあとで、十字路に差しかかった。まっすぐ行くとまただいぶ揺られた。

やがて、大きな城が見えてきた。城の向こうには森が広がり、その先は隣国である。

もう、日が暮れようとしていた。

城に着くと、広間に通した。

「皆の者、我が娘白雪じゃ。しばらく当方にて養育することと相成った。よしなにの」

「はっ！」

城代以下家臣達への披露をすませると、城代に向かって、

「そのほう、城を案内いたしてやれ」

城代が姫を連れ出すと、一人の家臣に向かって、

「ところで、領内に異変はありや？」

「いえ、取り立てて」

「さようか」

そうすると王妃は男に近寄り、膝をついて男の膝にとりすがった。王妃は声を低くすると、

「姫を絶対にマンムに近づけさせるな。家臣等《やつら》に殴られながらも、妾のもとに連れて来たもうた。頼れるのは、そなただけじゃ」

目をつぶった。頼むという意味であった。

さて、夕食時になると姫は思った。

（花がないわねぇ）

王家では侍女の嫁ぎ先が決まると、花を生け替えるように、新しい侍女を雇った。

だが、王妃家では違っていた。母は領主代行をしていたが、白雪姫が産まれること数年前に病死した。それ以前に嫁いでいった者は除き、嫁いでも留め置くようにした。まるで、幼い頃に閉じ籠もって、時間を止めるがごとく。花はやがて、しおれ、散ってしまうとも知らずに。


翌朝、王家へと帰ろうという時になって、王妃は念を押すように、男に向かい、

「頼むぞ。父上さえご存命なれば、そなたを婿にいたしたろうに……」

涙ぐんだ。

「それは恐れ多い」

男はそう言いながら思った。

(俺もそれを狙ったんだがな。でも、奴がいる！)

姫の姿が脳裏に浮かんだ。

(絶対に奴の婿に納まって、この国を牛耳ってやる)

王妃は車中の人となって、

「では、くれぐれも頼んだぞぇ」

男は微笑みつつ、御者に目配せをした。

王妃が行ってしまうと、姫がドアから出てきた。

腕組みをして男を見上げると、

「頼むって、何を頼まれたの」

「王妃にとって大事な方のことを、にござりまするよ」

「大事なって？」

「このうえもなく大事な方で」

「ふぅん」

『頼む』

と言った時の切実な顔を、見逃さなかった。にたっと姫は笑った。目には不気味な光が妖しく煌めいた。

馬車に揺られながら、王妃はあの日を振り返った。

『いい子にするから何もしないで!!』

（結局、解き放たれたわ。でも、マンムに対する男の目、絶対笑っていなかった。

私が守ってあげる。私がそばにいて。そう思った、けど……。甘かった。本当は自分が心細かった。寂しかったから。ただそばにいてほしかったから。

その甘ったれを戒めるため、神様はマンムを取り上げようとなさったのだわ。もう、甘

えるのはよそう。離れて暮らそう。そう決めた)

「だから、今は会わない」

つぶやいて外を見た。

広がる畑で耕す者達がちらほらと見える。

彼達は馬車を認めると、手を振ってまたすぐ作業にかかった。見送らなくてもいいことにしている。

王妃は窓から身を乗り出して、にこやかに手を振った。

(大丈夫。ここはあの男から離れた所。私の故郷だもの)

完全に自分の領地になった時から、領地巡視の名目で帰れる。

(私の領地。全て私のもの。誰にも手出しさせない、口も)

後に、あれが結婚の儀式というものだと知った。婚姻は契約の意味を持ち、王家の庇護と交換に自分ごと領地をくれてやるのだという。

(そうよ。私が領主である限り、守ってみせるわ)

やがて、あの十字路に差しかかると、馬車は大きく右折した。

「何を？　引き返しあれ」

「遠慮なさらず。会われませ」

（せっかく決めてたのに――）

馬車はしばらくすると、それは小さくとも立派な宮殿へ着いた。

その宮殿へあとから馬で乗りつけたのは、男と姫。見かけた賤女が、

「あら、あなた様は」

「しっ、取り次がないで。ご領主様は？」

「中庭のほうにございます」

「ありがとう……さ、姫」

男は先に降り、姫を抱き降ろした。

物陰からそっと覗くと、自分の腕を掴ませて、王妃が老女と連れだって歩いているところであった。杖を突きつつ、ゆるゆる歩く彼女の歩調に合わせて。

「うわぁ、本当に大事そうに。誰ぇ、あのきったならしいお婆さん」

「産婆だよ。あの女を取り上げた。あの女はマンムって呼んでおりまするが」

「ぶっ、子供っぽい」

「姫様も取り上げられました」

「ええ!!」

姫はこのうえもなく醜悪な物を見た、というふうに舌を出した。

「人生最大の汚点……」

「姫様、どこへ……」

「気分最悪。どっか連れていきなさいよ」

「はい、承知つかまつりました」

中庭の真ん中には、大木がある。

そこにこわれ物を扱うように腰かけさせると、王妃は目を細めて笑った。老女も笑った。

王妃も隣に座った。

まだ、葉の茂ることのない枝から光が差し込み、二人を包み込む。

「お久しゅう」

「本当に久し振り……」

二人はしばらく微笑み合った。

「お百姓さん達、畑耕してたわ。今年は豊作になるといいわね」

「なりますよ」

また、しばらく微笑み合った。

急に来たわけを語るでもなく、問うでもなく。

会っている今という時間をかみしめるように。

王妃は老女の腕をぎゅっと抱きしめ、頭を肩に預けた。老女は髪をなでた。老臭を思いっきり、胸一杯に吸い込む。魂が解きほぐされ、心が落ち着いていく――。

「今日は暖かいねぇ……」

「暖こうございますね……」

日射しが本当に暖かい。

老女は内心嘆いていた。

(身体が言うことを聞いたなら……今はこうやって、お心を支え申し上げるのがせいぜい。でも大丈夫。お嬢様には私の持てる全てを、注ぎ申し上げておる。ご自身が動けない時にはあの方に処方を託し申し上げておるし)

男の顔を思い浮かべた。

「ねぇ私、こっちで一緒に夕飯食べる」

「ご一緒いたしましょ」

「一緒に寝る」

「はいっ」

「昔語りしてね」

「はぁい」

王妃は目を閉じた。

胸に心地よい悲しみが込み上げてくる。目の奥が熱い。限りない幸福感の中で思った。

（この幸せが続くといいなぁ……いつまでも……）

一方、姫はと言えば、男の駆る馬に乗って、領内を巡っていた。

ある大きな森へ差しかかるも、

「ほうら、いい大きな森だろう」

「ふん、父上様だって持ってるわ」

広大な牧場にも、

「ほうら、立派な牧場だろう」

「ふん、父上だって持ってる」

大きな町にも、

「今度は驚いただろう」

「ふん、こんな町ぐらい」

と感心した様子もなかった。が、内心は、

（素敵。あれが全部私のもの……）

踊り出したいくらい、嬉しかった。

姫は知らなかったのだ。父親がそれらのものを得るのに、どれほど苦心したのかということを。

隣国寄りの城に戻ってきたのは、日も暮れようという頃であった。

「ああ楽しかった」

浮き立った気分でホールに足を踏み入れた瞬間、日は落ちた。

すると、火の玉が数個、闇の中に浮かび上がった。

ランプを手に侍女達が立っていた。皆、ひどく心配そうな顔で、中の一人が、

「どこへまいられておりました。門番に聞きましても、聞いておらぬと言うし、村中探しておりましたのよ」

悪びれる様子もなく、通り過ぎようとするところへ、一人が一歩進み出て男をなじった。

「あなた様もあなた様にございまする。姫についておられながら、いかなることにございますか」

さらにもう一人が、

「姫様も姫様。もし森にて暗くなったらいかがなされまする。夜の森は恐ろしき所。妖魔にさらわれまするぞ！」

激しい口調と大声で叱責されてもどこ吹く風。

「お腹すいたぁ、何かない？」

彼女等を通り過ぎると、中でも一番年長の者が、

「ご領主様は、聞き分けのよいお嬢様であられましたよ」

背中に言葉を投げつけた。

姫は止まった。癇にさわった。

比較され、誇りを傷つけられ、一歩を踏み出しながら、

（何さっ、この仕返しは必ずしてやるから‼）

小さな胸には憎悪と怨念がとぐろを巻いていた。


翌日、王妃は後ろ髪ひかれる思いで車中の人となっていた。窓から宮殿を見ながら、小さくつぶやいた。

「致し方ないわ。あの男の妃《つま》という務めがあるんだもの」

そして大きく、

「私、頑張る！」

老女は窓辺で揺り椅子に座り、馬車をいつまでも見送っていた。微笑んで、遠く小さく見えなくなるまで……。

そして、手の中にある、縫いかけの刺しゅうにとりかかろうとしていた。

ふと、気配を感じて振り向くと、老女は目を見張った。おやまあ、という顔から笑顔になり、ちょいと手招きをした。

すると、男の案内で一階の老女の部屋まで来て、ドアから顔だけ出していた姫が、姿を現した。

「あなた様もなさってみられますか」

「何を」

ぶっきらぼうな姫に動じることもなく、

「これにございます」

示したのは、まだ未完成な花畑であった。

侍女達が楽し気にしていたことはあっても、興味は持てなかった。

ちまちまと、ちまちまと……。

姫は反応しなかった。

老女はさらに、

「刺しゅうと申しますのは、糸という命と布という命を用いて……」

(糸と布に命なんてあるわけないじゃない。馬っ鹿らしい)

と思ったが、次なる言葉に心を動かされた。

「ひとつの命を産み出す、貴い仕業にございますぞ」

（ひとつの命を産み出す！）

何か荘厳なものを感じ、また、支配欲をそそられ、

「やってみるわ」

「よくご覧になってくださいませ」

老女は針への糸の通し方から、布への刺し方まで実演してみせた。一針一針、ゆっくり丁寧に。

仕上がったのは一輪の花。小振りで誰もほおをゆるめずにはおけない、きららかな愛嬌のある女の子を感じさせた。

「さ、次はあなた様が」

差し出された針をつまむようにして受け取ると、見よう見まねで縫い始めた。

時には引っ張りすぎたり、ゆるめすぎたりして、うまく縫えない。だが、そのたびに老女は褒めるのであった。

「葉のつき方がようございます」

「花びらのふっくら感がよく表れておられる」

姫は得意だったが、老女が顔を寄せてくるのには閉口した。ポプリをもってしても、老臭は消せなかった。

(嫌だなあ。汚いし臭う……)

さて、できあがった花を見ると、大きく太めの、存在感のある女の子を感じさせた。

「上手にございますな」

悔しかった。明らかに下手であった。

(納得いかないわ。もうひとつ)

今度はいくぶん上手にできた。

「これはまた素晴らしい」

姫も納得がいった。

「当たり前じゃ。私は王女、この国で一番の女なのだから」

もうひとつもうひとつ、縫っていくうち、見る見る上達していく。

さて、そうなると飽きがきて、時折ちらっと窓の外を見やることがあった。

「だいぶ、心が乱れておりまするな。ときどき手がお留守になっておられる」

姫は少々頭にきた。

「ああ、飽きちゃった」

「そう申さず。今少し、続けられては」

「やりたくてやったわけじゃないもん」

針と布を床に放った。

「あなた様が扱われておりますのは、ただの糸と布ではございませぬ。ひとつの命にございます。少しは命の声を聞く心を、お持ちになられませ」

（無茶言うわね。始めたばっかりで）

「たしかに、まあ無理とは存じますが。こちらから語りかけ、愛しみなされ。さすれば命は必ずや語りかけてくれます。あなた様は心ここにあらずにございました」

今度は少々どころか、だいぶ頭にきた。

「馬っ鹿みたい。語りかけるなんて。まるで、生きてるものに対するみたいに。さっきから、命、命って。所詮この世は造りもの。造りものに命なんてあるの？」

老女はおや、という顔をした。

（お嬢様は素直であられたのに）

けど、口には出さず、

「さよう、この世は全て神の御業《みわざ》によってなされたるもの。あなた様も、私も、木も、動物も」

「よしてよ。私と獣を一緒にしないで。私は人間。神様から特別な魂をいただいた」

「その魂をすなわち命と申し上げます。我等はその命を、糸と布という形で分けていただき、今、ひとつの命にまとめ申し上げておりますのじゃ。あなた様は真剣に向き合ってはおられませなんだ。無礼にござりまするぞ」

「私達人間と獣が同等ってこと？　そっちが無礼だわ」

「さようにございます。我等も獣達も神様方も……」

「不届き極まりないわ。私達どころか、獣まで神様と同列に。神様方ですって⁉　神様はこの世で唯一お一人のはず」

「どうやらあなた様は、我々の信ずる神とは違う神を信じられておられるように……あなた様の神様も我等の神様も同じ。大いなる宇宙より産まれ出でたるひとつの命にござりまするぞ」

「信じぬ‼　信じぬ‼」

叫ぶや姫は部屋を飛び出した。

あとには悲しそうな顔の老女が一人、残された。姫は、

「それじゃ私の神様の他に、偉い神がいるみたいじゃない。……魔女よ、まさに魔女だわ。認めない、絶対に認めない」

つぶやきながら、荒い足取りで歩いていると、男を見かけた。

「遠乗りに行く‼」

「姫、今日は日のあるうちに……」

姫はきっと男を見上げた。

「いつ帰ろうと勝手でしょ。あんた警護役でしょっ。口出しせずに役目を果たしなさい、しっかりと。でないと父上に言いつけるわよ」

「はい」

男は思った。

（やれやれ。ガキのお守りも楽じゃないぜ）

一番最初の畑では、夫婦者が野良仕事をしていた。エプロンで作った、小さなハンモックでは、作物の種が眠っていた。一昨年の貴重な残り。右に左に振り蒔いていると、

「あんた」

「ん？」

「あれ、ご領主様づきの。やけに急いでるふうだけど……」

土煙を立てて、馬が向かってくるのが見える。

「ちっこい女っ子乗っけてるようだけんど」

「ああ、おら見た。ご領主様の娘っ子だ。愛嬌はあるけど、声はかけ……」

一瞬の出来事であった。

種が散乱し、畑に倒れた連れ合いを、驚いた農夫が抱き起こした時には、もう、事切れていた。

夫は生気を吸い取られた顔で、うわ言のようにつぶやいた。

「鬼、鬼っ娘《こ》め……。鬼じゃ」

畑と女を踏みにじって、姫を乗せた馬は遠く小さく、彼方へと去っていった。

姫は叫んだ。

「飛ばせ！　もっともっと‼」

「姫、これ以上速めますと、危のうございます」

「平気じゃ平気。きゃははははっ！」

姫は高笑いを上げた。


王妃が王家の城へ戻ると、舞踏会が待っていた。

近隣の貴族を招いてのものだった。

豪華な作りのベッドのある部屋で、国王側の侍女にされるがまま、立っている。

（もう、好きにして）

組み合わせを考えるのも憂うつであった。

婚礼の一件以来、着飾るという行為は苦行以外、何物でもなかった。

「できあがりましてございます」

声をかけられ、大きくため息をつくと、優美な物腰で大広間へと向かった。

ランプやかがり火に照らされ、宝石や金糸銀糸の縫い取りが輝きを放つ。そこは煌めく星の洪水の世界へ。人々の口から、感嘆のため息がもれた。

令嬢《むすめ》としてではなく、いきなり王妃《ひとづま》としてデビューして十数年……。今でも馴染めなかった。

王は得意満面の笑みで称えた。

「今宵は一段と美しいのう」

半分儀式的なものであったが、半分は真実、美しさに酔いしれていた。妻の美しさが男の甲斐性の鏡であるとするなら、王妃の眩い輝きは、その並々でないことを示すものであった。

彼は己の力に酔っていたのである。

「ありがとう存じます」

王妃は儀式用の笑みで返した。

音楽が流れ始め、それぞれ別の相手へと向かい、手を取った。

舞踏会の始まりである。

王妃はそれから何人かと踊った。

誰もが甘い言葉を囁きかける。

それが、苦痛であった。肌寒さを覚えた。

ロマンスとは恋の話の意味だが、厳密には騎士と貴婦人の恋の話を言った。

戦う騎士《おとこ》には癒しの女神が必要である。それが夫人方であり、令嬢方である。夫人の場合、よほど面目の潰れる事態、つまり表沙汰にならぬ限り、夫は目をつぶる。

所詮、儀式なのだ。

女の魅力で騎士達を集めるための。だから、王や貴族達は必死なのだ。美しい女性は己のためならず、国や家のため、軍事戦略上、最重要事項だった。舞踏会は慰労の、言うなれば国王《しはいしゃ》から騎士達《ひしはいしゃ》に対する、逆接待の場であった。

王権を強固にして安定維持していくには、彼等の協力が不可欠、かつ彼等を支える女性達の協力もしかり。全ては儀式。騎士達《おとこ》は女から微笑みを、女は甘い囁きを得るため。家族ぐるみの。

女は多くの男達を引き寄せる道具《はな》。

そして、王妃は最高の花――。

幼いうちは、つぼみのまま、そこにおればよかった。誰か高官の奥方に任せれば。ただ、一人前の娘になると許されなくなった。とにかく恋愛儀式は苦痛であった。たおやかな笑顔の仮面の下で、彼女は声にもならない悲鳴を上げていた。

彼女は思った。

（一回でも、まともな恋ができていたら……）

だが、どういう男性がいいかとなると、具体的な理想像が描けなかった。描く前に結婚させられ、できないまま今日に至る。ふと、あの男の顔が浮かんだ。おかしかった。一度でも、『婿に』と望んだことが。

論外であった。父親が不在の老女《はは》と自分と男で支え合いながら暮らす家族。ただ兄として慕うのみである。

もし――彼女は自分の気持ちに疑問を持った。理想の男性像を描けて巡り会えたとして、本当に自分は恋するだろうか。おそらくすまい。本物の恋をすれば、すなわち不義密通。立派な罪だ。王妃としても、領主としての地位も、両《ふたつ》ながら危うい。

（たぶんしないわ。たぶん……）

とはいえ、好きでもない男達と恋愛儀式をさせられるのは、苦痛以外何物でもない。

彼等からは、魂の込もらぬ囁きを聞かされ続ける。

「汝が瞳は円《つぶ》らな月、美しや、ああ美しや美しや」

「真珠《しらたま》の輝く肌を見てしより、心に住まうは汝のみ」

「バラのよな唇をもって、口付けて、我に力を与えたまえ」

「暗き森、さ迷えるがごとき人生に、差し込む光、救いの光」

最後の囁きがいけなかった。

先の一人はともかくとして、真珠から雪の白が、バラからは血の赤が、暗きから黒檀の黒が、連想された。王妃にとって不吉の前ぶれがそろってしまったのだ。

苦痛に恐怖の記憶が重なり——とうとう堪えきれなくなり、

「少々お花を摘みに」

微笑んで中座した。

王妃はやつれた様子で台所部屋に入ってきた。テーブルの上にある素焼きのコップに、水筒から薬を注ぐ。王妃は舞踏会で使われる、金杯銀杯を嫌った。注ぐ際、天板を濡らしてしまった。手が少し震えている。

今度は必死に震えを抑えコップを持つと、ベッドの上に登った。そしてコップを両手で持って、空な眼で一気に飲み干した。見る見るうちに生気が戻り、熱いものがほおに一筋流れた。

「マンムぅ、もう限界よぉ……」

吐くようにつぶやく。

「でも、ここで奴等との結びつきを強くしないと。反乱を起こされたり、結束の弱さにつけ込まれ、外国から攻められでもしたら。

嫌だわ、そんなの。戦火が広まれば私の故郷だって無傷ってわけには。畑は踏みにじられ、城は壊される。マンムの命が危ない。これは私の戦なのだ」

化粧がくずれるのもかまわず手の甲で唇をぬぐった。

「絶対に、ここで頑張らなくちゃ」

ベッドから飛び降りて、鏡に向かって笑顔を向けて、

「私、負けないもんっ！」

化粧を直し、戻ってきた王妃の手を取ったのは、にこやかな笑顔の王である。

優美な調べで優雅に踊る。王は笑みを浮かべて囁いた。

「また、あの部屋に行っておったのか」

王妃は優しく微笑んだ。

「いい加減慣れぬか。何年になると思うのだ」

彼女はうなずく。

「諸侯方の興をそいでしまうではないか」

「……」

「よいか、忘れるでない。我等の権力の礎は、彼等との結束だ、ということをな」

「心得ておりまする」

王妃は溶けそうな笑顔で応じた。彼女は思った。

(踊りたくもないけど、機嫌を損ねさせてはならぬ。つけ入る隙を、戦争の口実を与えるな)

王妃は目いっぱいの媚びた目で、次なる男の手を取った。

(絶対負けない‼)


王妃が老女の危篤の報を受け取ったのは、旅仕度の途中であった。

王妃は馬車を急がせた。胸のつぶれる思いで、鏡を抱きしめながら、一心に祈った。

(お願いっ！　死なないで！)

が、祈りは空しかった。息せき切って駆けつけた時、すでに遅く、老女は死に装束でべッドに横たわっていた。

王妃は目に涙をためて駆け寄ると、遺体に突っ伏して号泣した。

(何で、何で死んだの？　何だったの？　私を置いて。これまで、私がいい領主、いい王妃であろうと努力してきたのは、何だったの？　全てはマンムのためじゃない。自分がいい子だったら、いつまでも生きていてくれる。そう思って頑張ってきたのに……。何、私なんか悪いことした？　悪い子だった……？)

ひとしきり泣いてしまうまで、男はそばで待った。

(こういう話は冷静になって聞かせたほうが、却って効く)

王妃は男に詰め寄った。

「そなたがおりながら、なぜ……」

「申し訳ございませぬ。力及ばず……」

婚礼の日の翌日と同じくうつむいた男に、

「よい、責めてはおらぬ」

「実は……」

と、男は語り出した。

遠乗りから帰った時、すでに辺りは真っ暗であった。

「いつまで遊んでおられるかっ！」

大きな声の主は老女であった。

階段の前で、片手にランプを持ち、片手に杖を突いて、凄まじい形相でにらんでいる。

姫は無視した。

「魔物に襲われたら、いかがなされますのじゃ！」

(あいつ等と似たようなことを言うておる)

侍女達に叱られた記憶が甦る。王妃と比較された、嫌な記憶だ。

(おのれ、こやつもあやつ等と同じようなことを言うつもりかっ！)

思い出したら腹が立った。

「姫様のことが心配で申し上げますのじゃ」

聞く耳も持たず、

(何よ。杖持って生意気に)

一瞬で奪って、二階まで階段を駆け上った。

杖は単なる補助具ではなく、権力の象徴なのだ。

「あ、姫様、それがのうては……」

手を伸ばし、弱り果てた様の老女に、姫は酷薄な笑みを浮かべ、

「返してほしくば、取りにこぉい」

大団旗よろしく、左右に杖を振った。

老女は泣き出しそうな顔をしていたが、やがて意を決したように、そろっと一歩踏み出した。よろけては踏ん張り、よろけては踏ん張り、一段一段手すりに掴まりながら進み、とうとう二階まであと一歩というところまで進んだ時であった。

老女の手は空を掴んだ。

一気に一階まで転がり落ち、頭部から流れ出たものが、その場に赤い小さな水たまりを作った。

王妃は娘である姫がいると聞かされたわけでもないのに、本能で振り返った。

悪びれる様子もなく、姫が立っていた。

王妃は目をぎらつかせ、にらみつけた。

「お前は二度までも殺した。二度目は本当に……。お前が死ねばよかったのよ……！」

突き刺さる視線にも、姫はすました顔であった。

（私は魔女を退治しただけだもん）

村外れの墓地に行くまでに、葬送の列に村中の人々が加わり、長蛇の列となった。しめやかに厳粛に。

ひときわ目を引くのは王妃の様。棺に添うというより、両腕を二人の村人に抱えられながら、ひきずられ、歩くのもやっと。棺には王妃によって王家から持ち出され、抱きしめながら、一心に祈った、あの鏡も納められた。しかしそれも、伸ばした両腕に鏡をのせ、すべらすようにという有様。

王妃はそうすることで、この世とあの世との間でも話が通じると信じた。

大きな穴も土によって埋められる。それを、見つめる顔に生気はない。

終えてできたる小さな塚。ちんまりちんまり。まるで老女のよう。

それを前にして、うなだれる王妃に、皆一様に同情的であった。

「お元気をお出しくだされ」

一人が声をかけるも、答えはない。

その背中を見ながら、涙しない者はいない。

王妃は思った。

(父上さえご存命なれば、かかる悲しき目に遭うこともないものを……)

村人の中の年長の女性が祈りを唱える。

安らかに眠りたまえよ我等が姉上様よ

かしこにて我等を待ちたまへ

かの死者の御国なる谷間にて必ずや相見《まみ》えん

大事な村の医療の担い手を失い、彼等の胸に、姫に対する遺恨が残った。

(それにしても、あの鬼っ娘《こ》……)

第３章

復讐の王妃

翌日、王妃は狩人を台所部屋に呼びつけた。

狩人は目を見張った。

ベッドに腰かけた王妃のまぶたははれ、顔は薄暗い部屋でも分かるほど青ざめて、森で会う時に見られる笑顔はない。無表情で〝微笑みの聖女〟と謳われる俤《おもかげ》はない。

道々人々から、宮殿の下働きの者からも事情は聞いている。

「ご愁傷様です。ご心痛お察し申し上げます」

王妃は抑揚のない声で答える。

「ありがとう。頼みがあるの」

「は、なんなりと」

「姫を殺して……証拠は肺と肝……」

「はっ」

狩人は深々と頭を垂れた。

（あの老女様には、狩りでしくじって大怪我をした時、世話になったんだ。恩返しだ）

姫は、文句たらたらであった。

「なんじゃ、今日の供はそなたか。それにこの服は村娘のではないか」

だが、

「まっ、これも一興じゃの」

姫はちっとも警戒心を抱かなかった。自分はこの国の王女なのだ。何を臆することがある、という意識が常にあった。

姫は馬上で、欠伸《あくび》をひとつした。何しろ狩人ときたら、馬を走らせずに、手綱を引いて歩くものだから、のんびりしたものだ。退屈だった。

（ま、宮殿にいるよりましね）

父方では使用人と従者の世代交代が進んでいたが、母方では古くから仕えている者が何人かいた。老女が何者であるか知る者は、王妃を気遣い、湿った空気に満たされている。

うっとうしいのだ。

（何よ。たかが婆さん一人死んだくらいで）

のんびりながらも、だいぶ森の奥深くまで進んだところで、

「姫様、降りていただけませぬか」

（そうね。自分で歩いたほうが速いわ）

抱き降ろされ、ある程度まで行った時、

「姫様」

振り返った。

狩人が狩猟用の刀を抜いて、恐い顔で立っている。彼女は不敵な笑みを浮かべて、

「何、殺すつもり？　やってみなさい」

「では、遠慮なく」

彼は両手で刀をかかげると、一気に迫った。木もれ日を受けて、刀身が煌めく。

と、狩人は急に身動きが取れなくなった。

男に羽交いじめされたのだ。

「何をする。俺はご領主様に頼まれて」

「やめろ。殺せば王家と事を構えることになるぞ。ご領主様のためだ」

「何ぃ」

「戦に負けたら、ご領主様の命はない!!」

狩人は気の抜けたような顔で、へなへなと座り込んだ。

男は姫に向かって、

「お逃げなされ。深く深くずっと遠くへ」

姫は無言で走り去った。

入れ違いに、折よく子鹿がこちらに跳ねてくる。

「仕方ねぇ。せめてもの慰めにすべぇ」

器に入れて持ってこられた肺と肝を見るなり、王妃は顔をそむけた。手を振って、

「もういいわ。どこかにやって」

狩人が部屋を出ると、バタッとベッドに横になった。次に弱々しい笑みを唇に浮かべ、つぶやいた。

「マンムやったわ。仇は取ったわよ」

さて、あの肺と肝はというと、シチューとなって、下働きの者達の口に入った。

彼等は食べながら口々に言った。

「全く、とんでもない娘だったよ」

「全く、そのとおりの鬼っ娘《こ》だよ」

「ああ、胸がすっとする」

広大な森に一人になってしまっても、姫は少しも不安を感じなかった。

（とにかく、天の父上がよき所へ導いてくれるわ）

少し遠くのほうに狼の群れを見かけた。こちらを認めたようだが、襲ってくることはなく、こちらをうかがい、やがて去っていった。

（ほうら。私には神様のご加護がついてるんだから）

山に入り、七つ目の峠を越える頃には、辺りはすっかり夕闇に包まれていた。やはりそれでも、不安も恐怖も感じなかった。

森の木々は昼間と変わりなく見え、遠くで鳴く鳥の声も、道中の慰めであった。歩き続けていると、やがて、一軒の大きな、しかし城暮らしに慣れた姫には小さな、民家が見えてきた。

中に入って目に入ったのは大きなテーブル。上には白い布がかけられ、中央が少し高くなっている。椅子を引いて飛び乗り、白い布を取り払うと、七人分の食事の用意が整えられていた。

姫は空腹感を覚えるや、何のためらいもなく、皿の上のパンをちぎって口に放り込んだ。それに大きなサラダボールに入ったサラダも。シチュー鍋がかまどにかけられていたが、火を起こす術を知らなかったので、手をつけなかった。

（うまい具合にあったもんよ。この国のものは将来、私が受け取るもの。それを先にいた

だくだけよ）
　空腹がしのげると、今度は眠気がきた。
見渡すと、奥の壁際に幅いっぱいにベッドが七つ、置いてあるのを発見した。いずれも
姫には大きすぎたが、気にせず手近なひとつにもぐり込むと、ふくろうの鳴き声を子守り
歌に、深い眠りに落ちた。
　その頃、七人の男達が帰ってきた。山にある金鉱から金や他の金属を採掘している、坑
夫達であった。
　一番最初に入ってきた男は、目を丸くした。
「おい、留守中に誰か入り込んだみたいだぞ」
「本当だ。俺のパンがない」
「俺達のサラダも半分やられてる」
「俺はフォークが使われた」
　口々に騒ぐ中、「しっ」と皆を静める声が。
　声の主は少年とも青年ともつかない、一人の若者であった。彼は人差し指を唇に当てて、
ひとつのベッドのほうへ顔を向けた。
「何だ何だ」

皆どやどやとベッドのほうに集まり、一人がランプをかざした。明りが照らし出したのは、天使のような女の子の寝顔であった。

「ほお」

賛嘆のため息をもらした。一人がつぶやいた。

「こりゃ、何てかわいらしい子だろう」

だが、すぐに不安な顔で振り向いた。視線の集中する先には、一人の男が椅子に座っていた。

ひげもじゃの、むっつりした表情で、いかにも頑固一徹といった顔をしていた。

「親方ぁ」

一人が哀願するようにつぶやいた。

親方と呼ばれたその男は、ぶっきらぼうにぼそっと、「寝かせとけ」

皆の顔がほころんだ。

「しゃあない」

若者は言うと同時に手を上げると、口許に笑みを浮かべた。

「今夜は床に寝るか」

姫は若者のベッドに寝ていたのである。誰のベッドも幅がせまく、とても若者を受け入れるゆとりなどなかった。

目覚めて起きたら、さすがの姫も驚いた。

何人もの男達が、自分を見ているではないか。中の一人が親切そうに、

「驚かせてごめんよ。俺達、この先の鉱山で働いている者だけど」

と語りかけてきたので安心した。男はこう尋ねた。

「お娘《じょう》ちゃん、何て名前だい」

「白雪じゃ」

大人びた、高飛車な物言いに、一同面喰らったが、また別の一人が尋ねた。

「どこから来たんだい？」

「山向こうの宮殿からじゃ」

「するってぇと……あんたお姫様かい⁉」

「そうじゃ」

一同驚いて顔を見合わせた。

「そのお姫様がどうしてここに？」

すると姫は両手で顔をおおい、わーんと泣き出した。

「ひどいのよ。お母様ったら、狩人を使って私を殺そうとしたの。それで逃げて逃げて。

日は暮れてくるし、疲れてくるしで。その時この家を見つけて。悪いとは思ったわ。でもあんまりお腹がすいていたから。それにベッドも。勝手にしてごめんなさぁい」

さらに大仰に泣いてみせた。

「親方ぁ、どうします」

一人が振り向いた。

すると、今まで腕組みをして、うつむいて座っていた親方が顔を上げた。

姫ははっと顔を上げた。

親方はじっと姫の顔を見つめた。皆の視線が親方に集中する。彼はぼそっと、

「おいてやる」

「ありがとうございます」

姫は内心思った。

(誰だって、特に男なんてものは女の涙に弱いもんよ)

宮廷の男女模様を覗き見てきた姫である。女の涙に何人の男が騙されてきたことか……。

(ちょろい《かんたんな》もんよ)

この時姫の顔に、人を小馬鹿にしたような笑みが浮かぶのを、若者は見逃さなかった。

（ほお）

それに気づいたかどうか分からないが、

「ただし」

親方はこう言った。

「料理、洗濯、掃除、これらのことはやってもらう」

「え？」

姫は嫌だなと思った。だが、有無を言わせぬ顔の親方ににらまれると、

「はいはいはい。一所懸命やってみます」

若者がおかしいのを堪えていると、「おい」と親方に呼ばれた。

「お前、仕事教えてやれ」

若者は「へいっ！」と威勢よく返事をして笑った。

姫はよたよたしながら、赤い顔でおけを引きずりつつ、森の道を歩っていた。若者は手伝いながら言う。

「こうやって水がめにその日使う水を汲んでおくんだ。手伝ってやるのはしばらくで、やがてはお前一人でやるんだぞ」

姫は途中で疲れて、おけをどっと地面に置くと、その場に座り込んだ。そうすると、ま

るでおけの中にすっぽり収まってしまったかに思える。

「何だ。もう疲れたのか?」

「そうよ」

肩で息をしながら、顔を上げて若者をにらんだ。

「でも、やっとかねぇと、あとが面倒だぞ。いちいち泉まで汲みに行かなくちゃならないんだからな」

「ああ」

姫は泣き声を上げて両方の手のひらを、若者に見せた。その手には取っ手の跡がついていて、赤く色づいている。

「いたいけな幼子に何やらせてんのよ」

「お前、いくつだ」

「今年で七つよ」

「だったらもう一人前に働いてるもんだぞ。さ、早く終わらせろぉ。仕事はまだまだあるんだからよぉ」

ふざけた口調の若者に、姫は腹が立った。

(何よ。嫌な奴!)

姫は再びおけを持ち上げた。

（ふんっ。私がいなくなったって分かったら、お父様が助けに来てくれるわ。それまでの辛抱よ）

昼下がり、姫は顔が隠れるほどの山盛りの洗濯物が入ったかごを、持つというより両腕にのっけていた。若者はこちらは片手にかごを持つゆとりを持って、ドアを開けてやった。

姫は中へ転がるように走って、一気にテーブルまで駆けて椅子の上にかごを置くと、口からふっと息をもらした。

若者はドアを閉めると、

「いやぁ、ちんたらやってるから乾くかと思ったけど。よかったぜ」

姫は少し怒った顔で、

「だって洗濯なんて、やったことないんだもん。それに私は仕事が丁寧なんです」

「ああそうですか」

若者は受け流して、

「それ畳んで一休みしたら、次は料理教えてやっからな」

「うえ！」

「文句言ってねぇで覚えろっ」

ちょうどその時であった。ドアを叩く音がした。

若者が細めにドアを開けて覗くと、野菜の行商をしている、いつもの農婦であった。

自分の住む村から十キロほども行けば、帰ることもできない時代であった。

「何だおばちゃんか」

「何だとは何だい。おや、あの娘は？」

「森で迷ってたんだけど、しばらく一緒に暮らすことになったから」

「そうかい。まあ何てかわいらしい」

「野菜売りのおばちゃんだ。いつも俺達が買ってる」

「よろしくね」

農婦は笑顔で言った。彼女は知らなかった。老女の一件を。ましてや、この愛らしい幼女が、恐ろしい事故を引き起こしたとは、思いもよらなかった。

彼女が帰ったあとで若者が、

「これから物売りがいろいろ来るけど、俺が入れるもん以外、絶対入れんな。そんために、顔、覚えろよ」

姫が無視していると、

「生きていたかったらなぁ……」

「分かった。分かりました」


姫が村から姿を消してから二週間後――。

王妃は謁見の間にて、王家の使者と対面していた。

「姫は行方知れずとなっておられるとは、誠にござりますか」

「誠じゃが」

使者は苛立った。

「何を落ち着いておられるか。心配ではござりませぬか⁉」

「無論、心配じゃ。捜索をさせておる。が、今は無事を祈り、待つよりあるまい」

使者は男を見ると、

「そのほうがついておりながら、何たる失態」

「この者を責めるのかえ?」

「当然。身辺警護を命じられながら、行方知らずにしおって」

「筋違いいな。この者は当家の者。王家の者にあらず。当家の務めもあらば、陛下の命を完壁に遂行できぬこともあろう」

「……」

使者はこめかみをぴくつかせた。

「それにしても、どこにおられるやら」

「さあ、森に行くのを見たとの報もある。おおかた、妖《あやかし》、精霊の類にでもさらわれたのでは」

「さあ、とは。王妃様は母親ではござりませぬか。心配と申されたは偽りにございますか」

「知らぬ。母と申して、妾が育てたわけではない。陛下ではござりませぬか。夜遅くまで遊び歩くような不埒《ふらち》な娘に育てたは」

「隠されたのではござりますまい」

使者は疑念たっぷりに王妃を見つめた。

「何のために妾が……。よろしい。ではそちらのご随意に捜すがよい」

「おおせられずとも……」

「ただし」

王妃は射るように見据え、

「万が一姫がどこにもおらなんだ場合、いかがいたす」

「おられぬ場合？」

「その場合、領土侵犯で、具体的な報復措置を取る所存」

使者は胸を突かれた。押し黙ってしまった。

（まずい。戦争に発展したら……そうなれば、姫を失うばかりか、婚姻によって仮に所有している、王妃の領地まで、実質的に失うことになる。王家の権威は大きく失墜する。大きな痛手だ）

「よろしゅうございます。そちらにお任せ申し上げます」

王妃は微笑んでうなずいた。

「安心せよ、姫は当方にて必ず。ところで、陛下にお伝え申し上げたき儀、これあり」

「その儀とは」

面倒そうに尋ねられ、

「姫の捜索には、腰を据えてかからねばと存ずる。ゆえ、久しき間、こちらにいることにいたす」

「家臣達にお任せあれ」

「今ひとつは喪に服するため」

「そは誰の」

「我が母上の」

「とうの昔に亡くなられたはず」

「それは産みの母。妾の申すは妾を取り上げられたる御方。妾にとり大事なる方」

「なりませぬ、なりませぬ。舞踏会はいかがなされます。客をもてなすは、王妃の重要な職務ではござりませぬか」

王妃を欠いた舞踏会では、諸侯に対して礼を失する。彼等の忠誠を失いかねない。かろうじて、失わずにすんだとして、王家の権威にかかわる。

「その職務より、たかが一人の老婆ごときの喪に服することを重んぜられるか」

言い終える間もなかった。

気がつくと、かっと目をむいた王妃に胸ぐらを掴まれていた。

王妃は使者を見上げて、奥歯をかみしめながら、

「老婆ごときじゃと……」

瞳の奥には、激情の炎がちろちろと燃えている。

「妾には大事も大事。産みの母より母にして、我が命……。帰ったら伝えとけ」

胸ぐらを掴む手が微かに震えている。

「その命を殺したんだ。あいつが。お前の娘が……」

王をお前呼ばわりしたうえ、民の言葉遣いで、揺さぶり始めた。

「返しなさいよ。返してよ。私の命」

だんだん気が高ぶるにつれ、揺さぶりも激しくなる。

「返して、返しなさいよ、返してよ、私の命。返して返して返して返して返せぇ！」

その行為と絶叫は、果てしも限りなく続くかと思うほど続いた。

「返せぇーー‼」

使者の帰る馬車を領民たちは、憎悪の込もった目で見送った。

「鬼め……」

「鬼っ娘の父親《てて》の使いめ」

「鬼の仲間め」

不穏な空気を車中で感じながら、使者は鳥肌が立つのを感じた。

彼等は目で語りあった。

(いいか。誰も鬼っ娘が死んだこと言うなよ)

(ったりめぇよ。誰が言うか)

(誰が、ご領主様を売るような真似するかいよ)

「……ということでございます」

使者の報告を、顔色ひとつ変えず聞き終えたあとで、王は告げた。

「相分かった。しばし置け。かくなりしうえは遠征も中止にいたす」

（姫さえ救い出せたら。その折にはこちらから報復してやる。……にしてもどこにおるやら）


その姫が坑夫達の家に来てから、一ヶ月あまりが過ぎた頃。

若者が姫に忠告する。

「それじゃ。俺は今日から皆と一緒に山に行くが、仕事すんだら、鍵かけて。俺が教えたもん以外、絶対誰も入れんじゃねぇぞ。万が一でも、村人以外の誰かに見つかってないとも限らねぇから」

「そうそう」

仲間が横から口を出す。

「さぼろうとした時、親方が言うには、俺等は大地の女神様の御身を削った、収入で生きている」

（婆さんと似たこと言ってる）

「そのお許しと、感謝を申し上げねぇ奴ぁ食うべからず。申し上げる、つまり働くこと」

「それじゃ、私がそっちへ行くってのは？　そうすればいいじゃない」

その時、後ろから親方の厳しい声がした。

「駄目だ」

「なぜ?」

「危ない」

「危なくないところにいるから」

「駄目だ。家にいろ」

無視して行こうとする姫の行く手を、親方の手がさえぎった。姫はしたたかに顔を打って、倒れた。そんなことを数度繰り返した。

その末に、姫が不服そうな顔をして、

「分かったわよ。家にいるわよ」

そのまま家へ駆け込むと、ぴしゃりとドアを閉じた。行ってらっしゃい、と言うこともなく。

胸に炎が広がった。

(悪魔どもめ!　お父様に言いつけて退治してやるっ!!)

あとは苛立ちまぎれに家事をする。されど、苛立ちは募る一方。

「何よ。私は国王の娘よ。危ないですって!　大丈夫だっての。神様が守ってくれるってのっ」

事実、彼女は器用に家事を完璧にこなした。それがすむと、若者が作ってくれたベッドに、ぽんと乱暴に飛びのった。そして、立て膝をして、窓を開けた。犬のように窓枠に手をかけ、あごをのせ、寂しそうに外を眺めた。

表では陽光に森の緑は煌めき、木もれ日が射して地面に黒いレースを編んでいた。

（表はあんなに綺麗なのに……）

姫は父を思った。何をするにも我がままを許してくれた。表に出ること、馬に乗ること、全てを……。表に出られないのは気うつなことであった。

（どうして、お父様は助けに来てくれないの……？　あいつはどうしたのっ！　私のこと、忘れちゃったの……）

そのあいつは、木陰に隠れて見ていた。口の端には笑みが浮かんでいる。

（やっぱり……歩き疲れて獣にでも喰われてなけりゃ、一番最初に目にするのはこの家。いたな）

男は足音を立てないように、ゆっくりその場を離れた。

（ま、じらすだけじらしておくさ。それだけ褒美の値も上がるってこった。そうすりゃ、あの王《おとこ》だって、婿にすることに文句は言えんだろうて）

「何、姫が生きておった⁉」

王妃は驚愕の表情であった。

「はい。山向こうの坑夫達と暮らしておられます」

「では、あの肺と肝は。狩人は偽ったのか……」

王妃は全身をわななかせた。が、すぐにやめた。顔も元に戻った。

「坑夫達は、山の神と対話する、森の賢者。決して野蛮な扱いをせぬと思うが……」

見知らぬ男とひとつ所にいる恐ろしさは、彼女自身が身をもって知っている。思い出すと寒気がする。そのうえ、相手は一人ではない。

「さぞや、怯え暮らしておろうの」

いい気味だ、と思った。それでも老女を失った悲しみと、釣り合わないくらいだ。

男は言った。

「ところが、楽しく暮らしておるように」

「何じゃ、と」

王妃はぎょろりと男を見やった。

男はその実態を見てきたわけではなかった。ただ、〝楽しく〟というところを王妃に吹き込めればよかった。

「人ひとりを殺しておきながら、のうのうと楽しくとな……」

王妃は怒りの込もった瞳で、鏡をにらんだ。

「許せぬ……」

「何でしたら、私が姫を殺しますが……」

果たして、男の期待していたとおりの反応が返ってきた。

「よい。そなたの手は血に染めとうない」

次には鏡に向かって化粧を始めた。

「今度は自分で殺《や》る！」

王妃はすっかりお婆さんになってしまうと、タンスから老女の服を取り出して着替えた。

そして、その上のかごを取った。

かごの中には、手芸用品と手芸品が一杯あった。幼い頃からの趣味であった。老女を亡くして以来、寝食を忘れ没頭している。組みひもを編んでいる時に出る、糸のすれる音を聞いていると、老女が語りかけてくれているような気がして、心が安らいだ。

そのために、だいぶ領主の務めをおろそかにはしているのだが……。

坑夫達の家に着くと、姫が窓から顔を出しているのが見えた。

「こんにちは、お娘《じょう》ちゃん」

王妃は微笑みかけた。

姫はぷい、と横を向いた。

「さあさ、見てみるだけでもどう？　身につけるだけで、今以上素敵に見える、おしゃれないい品があるのよ」

（今以上素敵に）

姫の心は揺らいだ。

（ま、今でも十分素敵だけど……）

見ればば人のよさそうなお婆さんである。

（あの女じゃないから、大丈夫でしょ）

姫は色とりどりの組みひもから、手を突っこんで、一番派手なものを選んだ。次には王妃を中に入れた。

「身につけさせてあげますからね」

と言うので、姫は思った。

（嬉しいっ！　久し振りに人にやってもらえるぅ）

城暮らしの頃には、何から何まで侍女任せであった。靴までも履かせていた。

「では……」

王妃は姫の後ろに回った。王妃の目が妖しく煌めいた。姫の首にひもを巻きつけ、あらん限りの力を込めて締めあげた。

(我が恨み、今、晴らさん！)

姫は声にならないうめきをもらし、やがてがっくりうなだれた。王妃が手を離すと、ひもはするするとすり抜け、姫はばったりと床に倒れた。

王妃は冷笑を浮かべ、無言でその場を立ち去った。

それからしばらくして、日が暮れ、坑夫達が帰ってきた。

「変だなぁ。どうして真っ暗なんだ」

先頭の男はランプをかざした。その光に照らし出されたのは、うつ伏せに倒れた姫であった。

「大変だ。白雪ちゃんが倒れてる！」

仲間の叫び声に、皆騒然となった。

「何っ、本当かっ」

「うそだろぉ！」

男達はたちまち姫を取り囲み、皆、声を失った。

一人、親方だけは冷静に、姫のそばに片膝を立てて座ると、ナイフを取り出した。皆が騒ぐ間に、状況を観察していたのだ。首とひもの間に差し入れ、ひもを裁ち切った。

「ベッドへ」

親方の指示で一人が運び寝かせた。

目を開けると一人が付き添ってくれていた。姫は、けほけほとせき込みながら、

「物売りのお婆さんが私を……」

すると男達と共に若者がやってきた。彼はあのひもを人差し指と親指でつまむと、姫の鼻先で振ってみせた。

「どうせ、これに目が眩んだんだろ。全く……色気なんか出すからだ。今度からは、ぜってぇ誰も入れんじゃねぇぞ」

姫は少しむくれた様子で、視線をそらした。

「まあまあ、いいじゃないか。白雪ちゃんが無事だったんだから」

「そうだよ。よかったな、白雪ちゃん」

皆顔をほころばせて喜んだ。姫はむっとし、(気安いのよ、あんたら。姫とお呼び、姫と)と思った。

台所の喜びに沸く雰囲気を、親方は一人、椅子に座って感じていた。相変わらずむっつりしていた。

その頃王妃は森の中、宮殿への帰路にあった。森の木々は恐ろしい顔をしてねめつけ、今にも襲いかからんと腕を伸ばしている。ふくろうの声は妖魔の咆哮。何がしかの獣の影が前後して通り過ぎていき、幾度、心臓が凍りついたことか。

恐怖に身体を震わせながら、泣き泣き、

「マンムぅ、恐いよう」

ひたすらに走った。

身心疲れきった様子で、秘密の通路を通って台所部屋に戻ってくると、ベッドに近寄り、うつ伏せに倒れ込んだ。

そのままで、しばらくすると、涙で崩れた顔を鏡に向けた。化粧を落とすこともなく。

王妃は微笑んだ。そして、涙で目を潤ませ、こうつぶやいた。

「マンム、やったわよ」


それから何ヶ月かが過ぎた。貴族達の一生は旅から旅であるということは前述した。何日かほど過ごしたあとに、次の城に向かうのが常であった。それゆえに何ヶ月も同じ城で過ごすことは珍しかった。

男は、

「ご領主様、お悲しみはお察し申し上げますが、そろそろ他の領地に移られては。領民皆、お来しを待ち望んでおりましょう。よき領主として、お務めに励まれれば、亡くなられた方も、ご安堵なされましょう」

「マンムが？」

「ええ」

それまでベッドに伏せっていた王妃は、半ば身を起こした。

「そうだ。マンムを安心させなきゃ。嫌だわ。何て悪い子だったんだろう、私」

今度は完全に起き上がると、張りのある声で、

「私、いい子になる。頑張る！」

空には太陽が輝き、陽光がさんさんと降りそそいでいる。日射しを浴びて、風に波打つ白色の波に輝くは、黄金色の海の麦畑。

その海を浮かんで進む船は、王妃の馬車。

こちらに来るのを見かけた農夫は、手でラッパを作って呼びかけた。

「ご領主様ぁ、お帰りなさいやしぃー」

それに気づいた王妃は、馬車を止めさせ、降りると、スカートをたくし上げ、彼にはつらつとして駆け寄った。王妃は晴れやかな顔をしていた。

「よく実ったわねぇ」

声も張りがある。

「ええ、大豊作でさぁ」

「よかったわね」

「ええ本当に……ようございました。四ヶ月近くも籠もってらしてると、お聞きした時には、気をもんだもんですが」

「ありがとう。心配かけたわね」

王妃はそう言って、にっこり笑った。

何本かの髪を風になびかせながら、そっと瞳を閉じ、しばし佇む。麦の香りやすれる音を感じながら、

「ああ、聞こえる。聞こえるわ……。いい子、いい子」

真実、この時の王妃は美しく見えた。

城へと向かう馬車を見送りながら、農夫の目にうっすらと涙がにじんだ。

「えがった、えがった」

台所部屋に着くや否や、王妃は鏡に向かって笑顔を見せた。

「マンム、もう大丈夫よ。死者の国から、安心して見ていてね」

（あ、飛んだ）

さっきから書類とにらめっこである。大きくいったん息を吸い込む。

いつもこうだ。物を読む時には、一単語、一句、ある時には一文章一つ飛び越して、先へ進んでしまうことが、必ずある。

（あれ、これどういうことだっけ？）

もう一度、覚えのあるところまで戻って読みなおす。動悸が激しく、息も苦しい。すると、王妃の目が止まった。

鈴の音に呼ばれたのは、白髪も目立つ、家老のあの男だ。

「ご老体」

「は」

「領主の責務とは何ぞやと考える」

「ご領主様はいかが思われますや」

「領民を、平和と安寧に導くことじゃと思うておる。平和とは戦のなきことじゃ。これには自信を持っておる。今のところ、戦ひとつとてない。

次に安寧じゃが。飢えや病気に怯えずに暮らすことぞ。これには自信がない。妾とて人。

全能でない。目の行き届かぬところもあろう。なればこそ、励まんとしておるに。何じゃこれは」

「その書類の、どこに不備が？」

「これでは民を苦しめるがごときじゃ。検討し直せ」

「ですがこれ以上は」

「ならぬ、直せ。書類を作り直せ」

「今年は豊作が見込まれ、妥当なものと存じます」

「いかんいかん」

「現実問題を、お考えくだされ。領民達を守るためには必要にございます。城の維持管理、武器や武具の調達のための費用、騎士達への給金……」

「じゃと申して、民を苦しめていいものでもなかろう。それは領土の基《もとい》ぞ」

「その基を守るのが我等の役目。頭領はご領主様。少しはお家のこともお考えに。お家が崩れれば、誰が民を守るので」

「卑劣な。民を人質にいたすか」

「お家あってこその民ですぞ」

「民あってこそのお家じゃ」

幾度かの激しい応酬のあとで、

「分かりました。よくよく検討いたしまして、書類は翌朝早くに、お持ちいたします」

家老は部屋を出ると思った。

（どうせ、ご領主様の意向を加味しつつ、妥協できる内容に作ればいいのだから……）

王妃は思った。

（絶対に妥協なぞするものか。私の一筆には、彼等の生活がかかってるんだから）

でも、と少し沈んだ表情になった。

（おそらく奴等は表面上は、私の要求に応えながら、やりくりの叶うように作ってくるだろう。

言葉の綾、数字のからくり……。情けないことにそれを見抜く能力がない。あの男に聞いても、その方面には明るうないと言うし……。奴等を信じるしかない）

実際、彼等が機能しないことには、政《まつりごと》は行えない。領主となってから思い知った。婚礼の恩讐は恩讐として抱えながら、協力してやってきた。

（だが、義務的には署名すまいぞ。隅から隅まで、しっかりきっちり目を通す。少しでも私の魂が込もるように。もし、それで領民の怨嗟《えんさ》の声が上がるなら、その時はこの身を彼等に与えるまで――）

再び、書類に向かう。書類を握りしめ、顔面は蒼白に、目は断末魔のごとく見開かれ、机の天板を掴んだ手は震え、親指はめり込むかと思われるほど。

鬼気せまるその姿に、勇猛の士さえ堪えきれず、執務室には王妃一人のみ。ただ一人をのぞいては。盆にコップをのせて、男が入ってきた。

「少しお休みになられては？」

「ええ、でも、まだこんなに残ってるから」

王妃は書類の束を持って見せた。その時の彼女は、無邪気な笑顔であった。

さて、その仕事を終えると、領民の声を聴くという仕事が待っていた。司法から行政、果ては人生相談に至るまで、領主は領民のさまざまな訴えを聞いた。

その日も、中庭の葉の茂った、宮殿のと同じ、あの大木の下で訴えを聞いた。ベンチに座り、訴える者の手を取って微笑む。

「今日はいかがいたした？」

ごく普通の貴族なら、室内で机を挟んでふんぞり返っているところだが、彼女はそんなことはしたくなかった。

彼等と同じ目線で話がしたかった。内容を聞くと、胸元に手を重ね、目を閉じる。そうすると、葉のいい香りや老女との思い出により、心が落ち着き、よい返答ができるような気がする。

こういう時の彼女はたおやかにして神々しく、まさに女神様に見えた。服装は、レースや刺しゅうの飾りがなければ、彼等と変わりなかった。それが彼等に親近感を持たせた。神々しさと親近感、この二つの絶妙なバランスによって、王妃は彼等を魅了していた。だから、たとえその言葉が至極平凡だったとしても、彼等はこのうえもなく素晴らしい判断が下されたと、喜ぶのであった。ありがたや、ありがたや、と。

ただ、最近では、訴えというより、

「ご領主様、いつもお疲れさまですだ」

「頑張ってくなっせぇ」

「ちょっとは肩の力を抜いて」

「困った時は、いつでも言ってくだせえまし。いつでも、どんなことでも力になんます」

「あの産婆様とは器に不足かもしれませんが、いつでも見守っておりますで」

労いや励ましが多くなってきた。そんな時、王妃はじぃんと胸が暖かくなるのであった。涙が出そうなほど嬉しかった。

「ありがとう」

彼等のためにも頑張らねば、と思った。

寝衣《しんい》に着替えても、気は安まらなかった。髪を梳かさねばならなかった。

（これも、領主の務め。いつまでも美しゅう、神々しくあらねば）

手入れはおこたらなかった。ベッドの上で、壁にかけられた鏡を見つめながら、その目は疲れ気味で、頭は肩につきそうなほど傾いている。

男が入ってきた。

「ご領主様……」

「なぁにぃ」

欠伸《あくび》をしながら聞く。彼はためらいがちに、

「……実は。姫が生きておりました」

「――」

手の甲に温もりを感じた。見ると、幾つか傷がついていた。

王妃の口許に、不気味な薄笑いが浮かんだ。彼女は早速薬の調合に取りかかった。テーブルの上の小皿の毒に、くしの歯をちょんちょんとつけると、にやりと笑った。そして、目の前にくしを持ってくるとつぶやいた。

「……できた」

王妃は前とは違う化粧をした。次に、男に命じて農婦の服を入手すると、くしで一杯の

かごを手に、翌朝早くに出発した。

坑夫達の家に着くと、ドアを叩いて呼びかけた。

「ちょいと、素敵なくしがあんだけど。別に買ってくれとは言わないよ。まあ、見るだけ見てみなよ」

姫は顔を見せ、

「いらないわよ」

にべもなく断った。王妃は食い下がった。

すかさず、かごからくしを取り出し、

「本当に見るだけでいいからさ」

別に見るつもりはなかったが、目に入ってしまった。

それには見事な彫刻が施され、随所に宝石が散りばめられていた。宝石は日の光に照らしだされ、つやつやと光を放っていた。

姫は目を見張った。うっとりと見入った。女の人を見た。陽気な肝っ玉母さんといった感じだ。

(あの女じゃなくて、本当の物売りかもしれないじゃない)

誘惑に勝てず、とうとう中へ入れてしまった。テーブルの上に数々並べられた中から、姫の選んだのは、最初に見たくしであった。

「これに決めたっ」

手に取ってにっこりしている姫に、王妃は、

「梳かし具合を試してみないかい」

「いいわよ」

「綺麗に梳かしてあげるから」

(綺麗に……)

心は大きく躍った。

「まかせるわ」

椅子に座って梳かしてもらうと、あまりに気持ちよかった。うつらうつらしていると、記憶の底から呼びさまされるものがあった。

(気持ちいい……でもこの気持ちよさは――)

瞬間、背筋が凍った。

王妃の顔に不気味な笑みが浮かんだ。

その頃、坑道では若者がつるはしを振っていた。上に振り上げたその時、つるはしがすっぽ抜けて、仲間の一人の足許に、重たい音を立てて落ちた。

その者は怒鳴った。

「馬鹿野郎っ。気ぃつけろ！」

それには応じず、若者は自分の手のひらを見つめていた。

（いやな予感）

彼は一目散に外へと駆け出した。

王妃は姫の髪を束ねて持ち上げると、首筋にくしの歯を当てて、ちょっとかすらせた。

姫は背もたれに身をあずけて、がっくりうなだれた。

王妃はちょっとの間、無表情で姫を見、それから、急いでテーブルの上のくしをかき集め始めた。

若者は木立の間に人影を見た気がしたが、今は姫のほうが大事と、家へ入った。若者のただならぬ様子に何事か、と思っていた男達もはっと顔を見合わせ、瞬間に彼のあとに続いていた。

若者が見ると、姫が椅子に座ったまま、がっくりうなだれ、気を失っているではないか。

（落ち着け、落ち着け……）

自分に言い聞かせると、冷静に周囲を見回した。すると、テーブルの脚近くに、くしがひとつ落ちていた。

あのくしであった。

若者はテーブルの上に、それを置くと、髪をかき分け、首筋に幾つかの傷があるのを発見した。

「間に合っていてくれ」

若者は親指と親指を首に当てると、両方から押して、血を抜きにかかった。

目覚めると、目の前に若者が立っていた。

周りでは、坑夫達が心配そうに自分を見ている。

後に、民間療法で回復するのだが、毒が少し残っているようで、身体がだるい。呂律も回らない。

「あの女が《ろおんあぁ》」

「来たんだろ」

若者は呆れた、といった顔と口調で、

「全く……。性懲りもなく」

くしを鼻先に突き出した。

「もう、どんなやつが来ても、こんな物持ってこられても、中に入れんじゃねえぞ」

（こんな物ですって）

姫はむくれた。

（まずいな）

若者は手を引っ込めた。

親方は尋ねた。

「お前は三度も殺されかけた。一度目は狩人に、二度目はひもで、三度目はくしで。あとの二度目は、ご領主様自ら。ご領主様は聖女として名の通っているお方だ。

その聖女様がお前の命を狙われるからには、よほどの悪さをしたに違いない。覚えは
……」

「ないわ《らら》」

彼女はきっぱり言い切った。

親方はじっと、姫の目を見つめた。彼女のあまりに堂々とした態度に、親方は、ぽつりと、

「そうか」

皆、ほっとして微笑んだ。

ただ、若者だけはまだ疑わしげであったが。

「お前、ここは危ねぇから、俺ん家《ち》来るか？」

「いいわ」

（嫌な奴《ら》だけど、あの魔女から逃げられるんだったら、どこでもいいわ）

坑夫達は寂しげであったが、親方が、

「そのほうがいい」

ぽつりつぶやくのに、皆賛同するようにうなずいた。

「じゃ、俺達は仕事してくるから」

「ああ。俺は家に話つけに、いったん戻るよ」

仕事に行く仲間を、若者はドアの前で見送った。木立の間に彼等の姿が消えてしまうと、ドアノブに手をかけ、はっとして別の木立のほうへ振り返った。

木立の中に鋭い視線を投げかけた。森は静まり返っていた。

（気のせいか）

警戒心を解き、ドアを開いた。

（危ねぇ危ねぇ）

男は木陰に隠れて、ふうと息をもらした。

（どうやら、ガキは助かったようだな）

男はにやりと笑った。

王妃は道を急いだ。

(早く早く、日が暮れないうちに……)

帰り着きたかった。

(あんな恐い思いは、二度とご免だわ)

台所部屋へすべり込むのと、日が沈むのとほぼ同時であった。この前のように化粧をしたままでなく、自分の顔で報告がしたかった。

自分の顔が現れると、鏡に両手を当てて、何度も何度も飛び跳ねた。手を取り合っているつもりであった。嬉しそうに声を上げながら、

「やったやったやったやった。今度こそ仇を取ったわよう!」


さらに数ヶ月が過ぎ――。

眼下に広がる緑と赤の水玉模様。柔らかな日射しを浴びて、光を放つ水玉のひとつは、よく実ったリンゴ。

「素晴らしい……」

王妃は、そぞろ歩きながら、感嘆の声をもらした。

「ええ、昨年とはえらい違いでさぁ」

袋つきのエプロンの中へ、リンゴを一つ一つ入れながら、農夫達はほくほく顔であった。

「ひとつ、もいでみませんか」

言われて王妃は手を伸ばし、ひとつもいでみた。そして、愛しそうに見つめた。その実はつやつやして、まさに宝石で、よい香気を放っていた。

農夫の一人は、

「本当にいいできばえで。きっとこれも、ご領主様が、ずっとご領地内にいてくださるお陰でさぁ」

王妃は農夫に笑顔を向けた。

「ありがとう。でもね。これも大地の女神様や、森の精霊達のお陰だわ。去年は少ぉし、ご機嫌を損ねられただけ」

台所部屋に駆け込んだ王妃は、

「見て見て、マンム。今年の成果よ」

リンゴ一杯のかごを鏡に映した。

「今年取れたリンゴよ。いいできばえでしょ」

百点を取った子供のようなはしゃぎようだ。

「待っててね。今、むいてあげるから」

そう言ってかごをテーブルの上に置いたところで、男が入ってきた。彼は一礼すると、

「ご領主様、お知らせいたしたき儀が」

「なぁにぃ」

「それが……姫の生きておるのが確認されました。木陰からですが、あれは間違うことなく姫」

王妃はこめかみをぴくつかせ、全身をわななかせた。

「今度こそ……今度こそ……」

奥歯をかみしめながらそう言うと、鏡を見つめた。

「我が命に換えても……」

どうしようか、腕組みをして考えていると、はっとして、かごを振り返った。

「そうだ」

王妃の顔が輝いた。

その晩、王妃は真夜中まで、鍋で何か複雑な色の液体を煮込んでいた。ひしゃくでかきまぜる、ふつふつ泡の立つそれを見る彼女の無表情には、鬼気せまるものがあった。

できた液体に、つるをつまんでひたし、引き上げると、リンゴは色はそのままつやつやに、とても毒が仕込んであるとは思えなかった。王妃は無言のまま、リンゴをにらんだ。

（絶対に！）
王妃は今回は前の二回とは違った、ごく若い化粧をして、農夫の妻の姿に変装をした。
そして、一番鶏の鳴き声とともに、出発した。
若者からの連絡もなく、姫はまだ坑夫達の家にいた。
ちょうど、姫が鍵をかけた時であった。
ドアを叩く音がした。
姫はびくっとして、台所に駆け込むと、ベッドに飛び込んだ。
「ちょいと、誰もいないのかい？　ちょいと」
姫はベッドに鼻をこすりつけ、頭を抱えた。
（今度は絶対に入れない！）
声は違うが、王妃であることは間違いない。
（どうしてあいつは迎えに来ないの？　お父様は……見捨てられたの？）
その間にもドアを叩く音は、だんだん激しくなる。
「――」
とうとう堪えきれず、窓を開けて顔を出すと、
「何も買わないっ！　誰も入れないっ！」

叫んでぴしゃりと窓を閉めた。

(感づかれたか)

王妃は思った。

「ずいぶん失礼な娘だこと。まぁいいさ。ちょいと休ませてもらおうと思ったんだけどね」

王妃はそう言って窓に近寄ると、

「ここでいいさ」

と、どっかと腰をおろした。

「何しろ、ここまでリンゴを運んできたもんで。疲れちまったよ。売り物だけど……食べちゃえ。あ、お娘ちゃんもおひとつどうだい」

「いらないわ」

姫は壁ごしに突っぱねた。

「ただでいいから」

「人からやたらに物をもらうんじゃないって言われてんのっ。休んだらさっさと帰って!」

「人の厚意は素直に受け取るもんだよ。まぁ、それにしても、つやつやしておいしそうなのにねぇ」

「いらないわよ」

「本当においしそうだよ」

「いらないったらいらない！」

「やけに突っぱねるね。毒でも入ってると思ってるのかい？」

姫はかっとなった。馬鹿にされたと思った。

（私はこの国の王女よ。恐いものなんてあるわけないじゃない）

姫はむっとした顔を窓から出した。

「そんなにくれるって言うなら、もらって差し上げようじゃないの」

「そうかい。そんじゃ、心配だろうから、私がひとつ、食べてみるとするからね」

それは赤く色づいた部分と、青々とした部分の、半々のリンゴであった。

王妃は取り出すや、赤い部分にかぶりつき、おいしそうに口を動かした。

「私はこのとおり、大丈夫だから。食べてごらんよ」

王妃が高々とリンゴを差し上げた。

姫は身を乗り出して、それを受け取ると、真剣な面持ちで、穴の開くほど見つめた。

（赤い部分を食べても、この女は平気だった。だけど、このリンゴはただのリンゴじゃない。青いほうが毒入りだってこともあるわ……）

姫は悩んだ。赤か青か……。どちらにしても、それは死へのロシアンルーレット。

王妃は今か今かと、その瞬間を待った。

（さぁ――）

姫は決断した。

（青だ！）

かぶりついた。口をおいしそうに動かし、飲み込んだ。

「本当においしい……」

得意満面に微笑んだ。瞬間、目まいを感じた。

リンゴは姫の手から落ち、窓枠に当たって跳ね、王妃のそばに落ちた。

王妃はそれを拾ってかごに入れた。彼女の顔に冷たい微笑みが浮かんだ。姫の顔が窓から消えた。王妃は足早にそこを離れ去った。ベッドにくずおれた姫は、もうろうとする意識の中で、その足音を聞いた。

一方、王妃のほうも意識はもうろうとしていた。ふらふらとした足取りで、気力だけで歩いていた。坑夫達の家からできる限り離れ去ると、大木のうろに入り込んだ。そして座り込むと、かごの中から親指くらいの小びんをもどかしげに取り出した。そして、栓を歯で抜くと、一気に薬をあおった。

解毒剤であった。口から薬がこぼれるのもそのままに、ぼんやりとした顔で、しばらくそこにいた。それがなければ獣に喰われ、王妃も死ぬところであった。まさに命懸けであった。

日が暮れて、坑夫達は家が真っ暗なのを見て、不吉な予感に襲われ、家へと駆け込んだ。我先にという勢いだったので、玄関先でちょっともたついた。

果たして、ベッドにくずおれている姫を発見した。

皆、心臓が止まるかと思うほど、驚いた。全員言葉を失って立ち尽くす中、ただ一人、親方だけは冷静になって、

「何してる？　探すんだ凶器《えもの》を！」

その声で、皆一斉に探し出した。

「見つかったか！」

「いや、見つからないっ」

その騒ぎに負けないほどの大きな声で、親方は姫に呼びかけた。

「おい！　おい！」

次に横っ面をひっぱたいた。

「おい！　起きろ」

姫は目を閉じたままである。

それから、手を口にかざし、のどにも手を当ててみた。かすかだが息もしており、弱いが脈もある。親方は一条の光明を見出した。親方は男達の一人に命じて、盥《たらい》に水をはらせた。

親方は姫を裸にして抱きかかえ、用意されていたそこへ入れると、布で懸命にこすってみた。駄目であった。依然として目を開けない。

「駄目です。何もありません……」

絶望の色で集まってきた男達に向かって、

「おい、例の」

言うより先に、一つのびんが差し出された。

親方は受け取ると、ふたを取って自分の指を濡らした。それは強力な気つけ薬で、最後の手段であった。こめかみをこすった。が、目覚めない。

さすがの親方にも焦りの色が浮かんだ。まゆはぴくつき、目つきは険しく、むきになってこすり続けた。

皆、祈る気持ちで見守る中、かなり長い間そうしていたが、とうとう、

「駄目だ」

親方は無念そうにつぶやき、大きく息を吐いた。そう、全ては無駄であった。

彼は目を閉じ、眉を小刻みに震わせた。

（ご領主様。この娘が、いったいどんな罪を……）

皆、一斉に号泣した。一人は立ち尽くし、一人はがっくり膝をつき、一人は悔しそうに床を叩き、残りは互いに抱き合って。

まだ日のあるうちに、王妃は帰り着いた。意気揚々と台所部屋に入ると、早速化粧を落とした。それがすむと、口許に笑みを浮かべ、しみじみと鏡を見つめた。ほおずりした。鏡を壁から外すと高く持ち上げ、くるくる回った。

そして、その場に座り込むと、愛しそうに抱きしめた。涙目でうつむくと、鼻水をすすり、

「やったわよ、とうとう。今度こそ今度こそ。本当にあの娘もおしまいよ……」

この時、王妃は気づかなかった。鏡が悲しげに、鈍い光を放っていることに……。

姫の入眠以来、男達は仕事も忘れ、ふぬけていた。必ず誰かが寝巻き姿で眠る姫のベッドに寄り添い、嘆き悲しんでいた。

だが、とうとう三日目に親方が切り出した。

「どうだ。いつまでも、こうしているわけにもいくまい。そろそろ……」

すると、今までベッドのそばで、死人のようになっていた者が、

「反対っ、絶対反対！」

同様に、ベッドにぼんやり寝込んでいた者が二名、それに椅子に座ってぼんやりしていた者二名までもが出てきて、親方を囲んだ。

「俺達も反対です。脈もあるし、息もしている。ただ眠っているだけです」

「まぁまぁ、落ち着け」と、親方はなだめると、

「何も埋めようってわけじゃない。大地の女神様や天の諸々の神様のお力を授けていただくんだ。そのために、天にもっとも近い山の頂に、娘を祀《まつ》ろう」

男達の顔が、幾分輝いた。

「じゃ、このベッドを棺にする。雨や風がしのげるよう、ガラスでふたを作ってかぶせるんだ」

男達はそれを、自分達の手で作った。丹精を込めて。まだ、大きな板状にする技術はなく、大きな丸状にするのがせいぜい。そのガラスをつぎはぎして、ようやく完成させると、ベッドの上にかぶせた。棺には金文字で、こう記されている。

〝少女白雪　王の娘にして　愛らしい森の精霊〟

坑夫達は全員で棺をかつぎ、山の頂に据えた。一人の男が恨めしそうにつぶやいた。

「ちくしょう。それにしても、あの野郎どうしたんでぇ！」

それを親方はたしなめた。

「やめろ。何かあったのかもしれないじゃないか」

そう言って、彼は眼下に広がる森を悲しげに見つめた。

その日から、誰か一人が常について、棺の番をすることになった。

時折、獣達も訪れるようになった。最初はふくろうが、次には小鳩が。ただ棺が珍しく、興味をひかれて寄っただけのことであったのだが。

男は感涙にむせんだ。

「嬉しいのう。あんた様も、泣き悲しんでくれるのかい」

特に、最後に大ガラスが来た時に番になった男は、感激もひとしおであった。当時、カラスは神の使いとされたからである。

「ごらん、白雪ちゃん。神様も悲しんで、お見舞いの使いを寄こしてくださったよ」

棺の中の姫は生前と変わりなかった。肌は生き生きとして雪のごとく白く、唇も血のごとく鮮やかでつやを放ち、髪も黒檀のごとく黒々として、唇同様つやを放っていた。まるで眠っているようであった。

そう、眠っているだけ。彼女は仮死状態にあった。老女のような存在のいないこの村では、原因を追求できず、なす術もなかった。

ただ、いたとしても凄まじい怨念の込められた薬の効き目は、極めて強力で、未だに眠り続けている。このまま目覚めなければ、眠ったまま餓死してしまうだろう。


姫の入眠から、二週間ほどあとのこと――。

馬を駆った、七人の男達の一隊が、森の中を進んでいた。軽快なリズムを刻んで、ひづめの音を立てながら。

やがて、坑夫達の家に着くと、先頭の男は手で制し、仲間達を待たせ、馬から降りて、ドアの前に立った。男はドアを叩いた。

「おい、俺だぁ」

返事を待ったがない。二度繰り返したが、やはりない。

男はドアを開けたが、誰もいない。

「おおい。俺だぞぉっ」

大声で呼ぶも、家の中はしんと静まり返ったまま。不安に襲われ、家から飛び出し、馬に飛び乗ると、猛烈な速さで駆け出す。男達もあとに続いた。

凄まじい勢いで坑道に駆け込んできた男を、坑夫達は最初、誰だか分からなかった。

「あのう、どちらの若様で……」

一人がおずおずと尋ねると、男は帽子を脱いで、髪をかきむしった。

彼等の誰もが、親方でさえ、目を丸くした。

あの若者であった。

途端に怒りの視線を投げかけて、別の一人が罵声を浴びせた。

「馬鹿野郎！」

すると、その男は目を潤ませて、

「白雪ちゃんはなぁ、白雪ちゃんはなぁ……」

のどを詰まらせた。

親方は若者を山の頂に案内すると、
視線の先には、ガラスの棺があった。

「あの娘は、あの中だ」

（ちっ、遅かったか……）

若者は棺に近づくと、怒りと恨みの込もった、男達の視線を背に受けながら、こう思った。

（こうなったら、婚姻を交わした後に、こいつが昏睡状態になったように知らせるまで。そのためには――）

若者は隣国の王子であった。長男であり、王太子であった。

だが、父親が健在のうちは、いらざる争いを防ぐため、長男と言えども旅に出された。さまざまな地で試合に挑み、腕を鍛えるのが常であったが、この王子は運悪く強い者に出くわして武器武具のすべてを失い、帰路の途中で坑夫達と出会ってしまい、働いていたのである。

王子は帰国するや、その季節に父王のよく訪れるという城に向かった。結婚の承諾を得るためだ。得るとすぐに花嫁を迎える準備にかかった。その全てに目を通し、点検しないと、気がすまなかった。

それで、万端整えてから来た。遅れたのには、そういうわけがあったのだ。

若者は、いや、王子は振り返って頼んだ。

「姫を譲ってくれないか。頼む」

王子は手を組んだ。

王子の頼みを坑夫達は突っぱねた。

「駄目だ。何を今さら。絶対に譲ってやるわけにはいかねぇ」

「王太子様、言わせ……」

家臣が腹立たしげに言うのを、

「言うな」

制し、熱い眼差しで懇願した。

「すまん、あやまる。だから譲ってくれ。せめてもの償いに、妃として、いや、それは厚かましすぎる。森の精霊《とも》として、俺に祀らせてくれ」

「嫌だね」

誰もが反対する中、親方はじっと王子の目を見つめ、

「森の精霊？」

「ああ」

「なら、いい」

すると、坑夫達の一人が泣き出しそうな声で、

「いやだぁ、白雪ちゃんは、俺達んだ」

「情けねぇ声出すな」

親方はたしなめた。

「この世が誰のもんでもないように、あの娘は、世の中皆《みんな》のもんだ。俺達だけのもんにす

べきでない。いなくなったって精霊として守ってくれる。ただ、俺達だけのってわけじゃなくなるのが寂しいが……」

そう言うと、しんみり黙り込んでしまった。

その様子があまりに気の毒で、坑夫達もそれ以上我がままが言えず、

「仕方ねぇな、譲るよ」

不承不承に承知した。

王子はほっとした顔で、

「ありがとう」

さて、棺を運ぶ段になって、坑夫達と家臣団との間で、ひと揉めあった。

「ここは俺達の村だ。村を出るまでは、俺達が運ぶ」

「いえ、ご承知いただいたのだから、その棺は当方のもの。我等が運ぶ」

「いや、俺達が」

「いや、我等が」

双方ベッドに手をかけて離そうとしない。

互いに引っ張り合ううち、はずみでガラスのふたが外れ、落ちて砕け散った。ベッドも落ちて、これまた、姫の身体も弾かれるように飛んで、重たい音を立てて落ちた。

居合わせた者全てが、目を丸くして驚いた。

「白雪っ！」

王子は叫んだ。そして、姫の許へ駆け寄った。幸いガラスのほうとは反対へ飛び、幼い柔らかな身体だったためか、打撲傷もなかった。

するると、姫のまぶたがぴくんと動き始めたではないか。

王子は再び驚いた。

やがて、目は半分ほど開かれた。空な眼差しが王子に向けられた。薬の効き目が切れ、奇跡的に助かったのだ。

（ここはどこ。私はどうしているの？）

何もかもが眩く白くかすむ中、王子の姿が青と白の写真に映った。あの若者とは思わなかった。それに王子であることも分からなかった。ただ、何か神々しいものを感じた。

（きっと、神様だわ……。そして、ここは天国。あんなに私、信心深かったんだもの。間違いないわよ。ああ……、来られたんだわ……）

神は姫に語りかけた。

「俺と一緒に来るかい？」

（ええ、まいりますとも……）

言葉を発しようにも、思うように口が動かないのがじれったかった。心身共に軽いというのに……。

姫は答える代わりに目を閉じた。神が自分を抱き上げ、鞍を乗せるように馬に乗せられるのを感じた。

一同、驚愕と歓喜の半々の目で見守る中、ただ一人、親方だけは暗い目であった。

(目覚めちまわねぇほうが、よかったかもしれねぇな……)

王子は馬を進めた。口許には笑みが浮かんでいる。

その前後を、それぞれ三人の騎士達が守る。

その一隊を、男も馬で追尾していた。一定の距離を保ちつつ、怒りの込もった、鋭い視線で王子を射抜いた。

(許せん。俺の計略を邪魔するとは……)

一隊は森を抜け、放牧場に出た。そこも抜け森の中へ入り、再び抜けると、今度は、十数軒ほどののどかな村へと出た。そこも通り抜け、三度森の中へ入る。

その森はいくつもの峰が連なる、大きな山のふもとに広がっていた。

男は内心舌打ちをした。

(ちっ、ちきしょう。隙あらば、あのガキを奪うつもりだったが)

多勢に無勢であった。

（そのうえ、山を越えられちまったら……。こっちの命が危ねぇ）

山を越えれば異国。こちらの王権の及ぶところではない。へたをすれば、不法入国の罪で捕らえられるだろう。

（国王から命の保証も、何らもらってない。討って出るか、それとも退くか――）

男はジレンマに陥った。

（それにしても、いったいどこのどいつだ）

男は憎々しげに王子をにらんだ。

ひょっとすると、という思いがふと、頭をかすめた。男の目は大きく見開かれた。

（まさか⁉）

第4章

魔女裁判

冬が過ぎ、春を迎えた翌年のこと――。

王妃は鏡の前に立っていた。ベッドの上には豪華なドレスが広がっている。

「今度、隣国の王子が結婚する姫って、ずいぶん若いそうだけど。おかわいそうに……」

口では気の毒そうな口振りながら、鏡の中の彼女は口許に意地悪そうな笑みを浮かべていた。

「やがては、王妃という役割に、一生縛られて生きていかなけりゃならないんだから」

ねぇ、と後方に控える男に振り向いた。男はにっこりしてうなずいた。

王妃は鏡に向きなおると、憂うつそうに、大きなため息をついた。泣き出しそうな目で鏡を見つめた。

「それにしても、どうして私が隣国の王子の式に出席しなくちゃならないの。あの男だけで十分じゃないの。お陰で、着たくもない晴れ着も着なくちゃならないし……」

隣国の王子と若い妃との結婚式に、王妃も招待されていた。若い妃があの姫であるとは、思いもよらなかった。半年近い年月に、その存在さえ忘却の彼方であった。

大勢の人々の寄り集う、煌めく星の洪水へ飛び込んでいかなければならないことが、ただただ憂うつなばかりであった。

例の薬の入った水筒と、ドレスを荷物にまとめると、数分後、彼女は車中の人となって、隣国へ旅立っていった。

城内の教会にて、式は執り行われた。

ここで、王と王妃は久方振りに顔を合わせた。が、二人とも視線も言葉も交わすこともなく、儀式向きの顔で、席に着いている。大勢の列席者同様に。

王妃は目を閉じ、涙をためて、

(今夜は、祝いの宴に出なくちゃならないから、泊まるしかないけど、明日は朝早くに帰ろう。帰ろう)

心は我が故郷へと飛んでいた。

王は、

(めでたい婚礼を迎える娘もいるというに、いったい、我が姫はどこにいるやら……)

娘の身が案じられた。

間もなく、大きなドアが開かれ、たいそう小さな花嫁が入ってきた。

列席者は、視界の隅でその姿をとらえ、粛々とした表情の裏で、たいそう驚いた。

（若い若いと聞いていたが）

（これはまあ、なんと幼い）

（いったい、どこから連れてまいったのか）

その花嫁を見た王の顔が、驚愕と歓喜に閃いた。が、すぐに曇った。

王妃は顔色ひとつ変えず、花嫁を見つめていたが、その目は空であった。

（帰る帰る絶対帰る）

帰る事で頭が一杯で、我が娘とは気づかない。

さて、その王妃を見ていた者がいた。祭壇の前で花嫁を待つ花婿。王子であった。花嫁を振り向く振りをして、彼女を見る。

座席は最前列の、自分に一番近いところを指定していたので、王妃だとすぐに分かった。

王子はおや、と思った。厳かな雰囲気が崩れることはなかったが、至極拍子抜けした。

肌は意地悪そうな青白いものではなく、普通の白。唇は毒々しいまでの赤ではなく、薄紅《ピンク》色をしていた。

（さぞ、恐ろしい凄みのある女かと思ったら）

たしかに冷たく、人を寄せつけぬ雰囲気はあるが、身体の大きさに反して、その顔はえらく幼かった。

(たしか、あいつの年からして、二十歳ちょいは過ぎてるはずだが……)

まるで、十五やそこらの少女……。

(楽勝じゃん……)

同時に晴れの日に相応しい、満面の笑みで花嫁が到着した。

(いい加減待ちくたびれたわ。でも、それも今日でおしまいね)

さて、式も終わり宴の会場へ向かう、というところで、王妃は二人の衛士に行く手を阻まれた。

大広間が、仮の法廷となった。

「何じゃこれは。まるで囚人の着る服ではないか」

王妃は衛士に両腕を掴まれながら、引き立てられてきた。レースや金糸銀糸のない、そまつな白い服を着せられ、髪もほどかされて、背中に垂れている。

傍聴席で、王子と義父王に挟まれた若い妃は、王妃の背を見ながら、うきうきしていた。

(そう簡単には逝かせない。私が苦しんだ分だけ、苦しむといいんだわ)

そして、

（さぁて、誰にしようかな……。選び放題だわぁ……）

ロマンスに思いをはせた。

一方、王子は妻の父に向かい、笑みを送った。

「どうぞ末永くよろしゅう」

王子は思った。

（次はお前の番だっ！）

「こちらこそ、よろしゅうに」

彼も婿殿に笑みを返した。が、心中困惑していた。

（まさか、姫がこの男と結婚いたすとは。面倒なことになった。どうやら、おとなしゅういてくれそうもない。まずいことこのうえなしじゃ）

義父に精一杯の愛想をよくする一方で、王子は背に痛いほどの視線を感じていた。

（この感覚はあの時の、森で感じた……）

視線の主はあの男。

（やっぱ王子だったか……。ま、いいさ。夢は子に託すとして、身を固めるとすっか）

さまざまな人のいろいろな思いが渦まく中、裁判が始まった。

裁判官には、国内最高位の聖職者がなった。

王妃を前に、大きな机を挟んで着座した。

「これより、神の御名において、裁判を開く！」

裁判官の大きな声が響き渡り、その場は厳粛な雰囲気に包まれた。

「裁判じゃと。妾が、いったい何の罪状で」

「汝よ。殺人罪で裁かれるのだ」

「殺人じゃと。妾が？　心外じゃ。妾は一度たりとも、さような罪、犯してはおらぬ。どころか、領民の命が脅かされぬよう、粉骨砕身努めてまいったのじゃ。裁かれるいわれなぞ、心当たりもないわ」

「訴えが出ておるのじゃ。我が国の王太子妃殿下より」

「王太子妃？」

王妃は振り返った。すると、妃の姿が目に入った。最初誰だか分からなかった。妃は振り返った。すると、首についたうっ血の跡は消せても、くしによって負った、化粧では隠しきれない傷の跡が見えた。

「お前、生きておったのか⁉」

妃は向きなおると、小憎らしい笑みを浮かべた。

王妃は目に炎を宿してにらんだ。裁判官に振り向くと、

「あの娘は、この領地の者ではない。よって、我がほうにて裁く。こは内政干渉ぞ」

「今は王太子殿下とご結婚なされ、我が国の方となられたので、なんら不都合はない。したがって、我が国において裁くのが当然である」

「ならば、貴国において、裁いていただきたき儀がある」

「そは誰の、誰による、何の罪で？」

「王太子妃様の、我が領内において犯せし二つの罪で。当時は我が国の者にて、我が領内において、妾が領主裁判権をもってし、裁いておるが」

「いったい、いかなる」

「一つは馬で農婦をはねたること。二つ目は老女を死に至らせたること」

「何を証拠に裁きたるや」

「証拠？　……おお、そうじゃ、彼《か》の者がいる。証人が」

「その証人とは？」

「当家に仕えておる者で」

「それは、私めのことでございます」

男が前に進み出た。王妃の顔が輝いた。

「この者じゃこの者じゃ。証人は」

「たしかに証人と申せば証人。また、罪人と申せば罪人。その馬の手綱を握っておりましたのは、私。その過失については謹んで、お裁き申す。が、その農婦にも過失はございます」

『農婦にも過失』

この言葉に、王妃の目は大きく見開かれた。谷底へ突き落とされたような衝撃であった。男は思った。

(何の恨みもねぇが、あんたは踏み台にさせてもらうぜ)

「あの事故は、農婦がよく前を見ていれば、防げし事故。いわば前方不注意によるもの。妃殿下に何ら非はあられませぬ。

老女の一件も同様。彼の一件は、かしこくももったいなくも、妃殿下自ら手をお貸しくだされ、階段を上らせたるを、過って足を滑らしたるもの。いわば、不幸な事故。何ら非はございませぬ」

「嘘じゃ！　偽りじゃ‼」

「静かに！」

裁判官は王妃をたしなめ、男に尋ねた。

「では、この女は、何の罪もなき妃殿下を裁いたと申すか」

妃は思った。

（かったるいな。いい加減、さっさと判決下しちゃいなさいよ）

「それで、裁判は開かれたのか？」

「いいえ」

「ただの一度も？」

「はい」

「ひどい！　正当なる裁きも受けさせぬとは」

「はい。実は、老女は、この女の命とも言える者。その己の大事なる者の死の、悲しみのあまりの逆恨みゆえに。ある意味私怨と言えます」

「ふむ。その私怨によって害せんとしたのであるな。何の罪とがもなき、無垢なる、しかも実の娘を……。魔女じゃ、まさしく魔女じゃ」

裁判官は天を仰いで、首を横に振った。

傍聴人達からざわめきが起こった。

「はい、それも四度も。一度目は人に命じて、二度目からは自ら」

「一度目はそなたが策を、授けてくれたのではないかっ！」

「それなら一度目は、そなたも共犯ということになるの」

ああっ、と男は叫んで、ひざまずき、手を組んだ。

「お助けください。この女は、いいえ、この魔女は、私を引きずり込まんと、嘘偽りを言うております」

「嘘偽りとな」

「はい、いっさい入れ知恵など。信じてください。私は姫様、いいえ、今は王太子妃殿下となられた方のお父上様より、警護役を任ぜられた者」

「さよう、余は妃殿下の父じゃが、その者の申すとおり」

王も証言した。

「心配いたすな。その方におとがめはない。これ、魔女、嘘を申すでない」

「おぬれ……」

王妃は奥歯をかみしめて、男をにらみつけた。男は唇に薄い笑みを浮かべた。

(忘れたのかい……。ここはあんたのテリトリー《なわばり》じゃないってことを)

判決が言い渡された。

「女よ。汝は有罪。魔女と認定する。罪状は、敬虔かつ、神の下僕たる、無垢なる乙女を殺害せんとした事。即刻処刑っ！」

「私が魔女？　私が、この私が魔女。私が私が私が……」

王妃は茫然として、うわ言のようにつぶやき続ける。
彼女の前に、鋏にはさまれた鉄の靴が運ばれてきた。空な眼で、
「あ、赤い」
その声は幼児そのものであった。
「……ずいぶん、長く焼かれたのねぇ」
ということは……と、かろうじて残されていた、正気で彼女は悟った。
（全ては茶番だったのだ。罠だ。最初から決まっていたのだ、服も靴も……）
意識がはっきりし、憤怒の念が込み上げてきた。
見つめ続けていると、役人が背中を蹴った。
「さっさと履かんか！　魔女め」
王妃は凄まじい形相で振り返った。
妃は、早くなさい、とでもいうように、あごをしゃくった。
（私が苦しんだぶんだけ、苦しむといいわ）
王妃の瞳が煌めいた。
そして、向きなおると、毅然とした面持ちになった。
（ならば！）

放たれた熱気だけでも凄まじく、くじけそうであった。だが、弱い所は見せまじ、と思った。一気に足を突っ込んだ。

肉の焼けただれる、じゅっという音がした。

貴婦人達は顔をしかめた。

本体はさらに想像を超えた。初めは何かに吸いつかれるようであった。熱さよりも冷たさを感じた。うっ、と王妃はうめき、次には痛みを感じた。

瞬時にして、足許から全身へと、炎が駆け抜けた。熱に肌が紅潮する。

「……」

叫び出しそうになるのと、のけぞって倒れそうになるのを食い止めるため、奥歯をかみしめた。断末魔の如く、目を見開いた。

(絶っ対、倒れるもんか……。気を確かに、持て)

その鬼気せまる様子に傍聴人は皆、肌寒さを覚えた。

ただ一人、妃は瞬きもせず、

(強気な。叫び出しちゃいなさいよ。せせら笑ってやるから……)

やがて、元の鉄の色に戻ると、新しいのが運ばれてきた。王妃が靴を脱ぐと、白く美しい足が水ぶくれて皮膚が黒ずんでいた。

近くのご婦人方は、口を押さえて顔をそむけた。殿方はただ立ち尽くすだけであった。

王妃は肩を上下させ、奥歯をかみしめた。

そして、次なる靴へ、足を入れた。皮膚が破れ、薄い黄色い液体がにじみだし、鉄へと流れ出し、じゅっという音がした。皮膚という防御を失い、肌に容赦なく熱が牙をむく。

それでも、

（負けるもんか……）

踏ん張った。全身をわななかせ、きっと前方を見据えた。

（絶対、倒れては、駄、目だ……）

王子はじれた。

（ちっ、しつっけぇ女だぜ）

これもまた冷め、新しいのが運ばれてきた。

皮膚は破れ、赤い肌が露わになり、ぬらぬらと光る。

近くのご婦人などは、卒倒し室外へ運ばれた。

口の中が乾燥しきって、足と同様ひりひりする。そして、鉄臭い。歯ぐきから出血したのだ。

「ほれ、早く履け！」

いつまでも立ったままの王妃に、役人は脚を掴んで、無理矢理履かせた。

王妃の目は空になり、口の端から血が垂れてきた。

それでも、踏み止まろうと、天をかきむしるように、手でもがく。踊っているようにも見える。髪は乱れて顔に垂れ、〝聖女〟の俤はまるでなし。

その様に、また幾人かの者が卒倒し、室外へ運ばれた。

(絶対に倒れる、な、よ……)

王妃は故郷の風景を思い浮かべた。

広がる麦畑……リンゴ畑……広大な森……。

(私、の故郷……)

私のものだ。倒れるまでは、一刹那の間でも、長く私のもの。

(譲れ、ぬ……。渡、せぬ……。絶、対に!)

王妃はいっそう激しくもがいた。

(守り、き、るんだ)

あの森の、あの宮殿を思い浮かべた。

(私、と、マ、ンムの、聖域を――)

だが、とうとう気力と体力を消耗し尽くした。

（マンム、向こうへ、行っ、たら、抱き、しめて、褒め、てく、れるわ、よね……）

彼女は気を失い、その場にくずおれた。

役人は、王妃の髪を束にして掴むと、斧を振り降ろした。役人は、王妃の生首を、妃に向かって掲げた。

妃は歓喜の色を浮かべながら、身体を震わせた。

すると、一人の男が駆け込んできて、義父王に何やら耳打ちをしている。

宮廷の密談を耳ざとく聞いてきた、妃である。当然のこと、聞こえている。耳をそば立てて聞き取った。

「大変でございます。城前に夥《おびただ》しき数の民衆が押し寄せ、暴動の雰囲気。その様は――」

城門の前には、空堀まで埋め尽くして、群衆が詰めかけていた。

彼等は口々に叫んだ。

「いったい、どういうことなんだ。聞かせろぉ！」

「あの聖女様が処刑されるたぁ、何のとががある！」

「国王を出せっ！」

怒号と罵声が飛びかい、その声は大広間まで達した。

〝微笑みの聖女〟の噂は、この国にも広まっていた。声はおろか、姿を見たこともないだけに、偶像は肥大し、神以上に神的な存在として、彼等の中に激しく煌めき、熱狂させていた。

「――その様はまるで、大木に群がる蟻の大群」

それは妃に、ある記憶を思い起こさせた。

坑夫達と暮らしていた頃である。家の裏手に、野菜くずと汚物を捨てる場所がある。春先はまだいい。夏も盛りの頃になると、それこそ夥しい数の小ばえがたかる。そこへ、野菜くずや汚物をぶちまけた時に、小ばえが自分の顔めがけて、飛びかかってきた時の恐怖たるや――。

義父王は青ざめた。

ふと、異臭がして、王子は妃を見た。

彼女の目は大きく見開かれ、身体は震えているではないか。

(使えねぇ奴っ!)

彼は内心舌打ちをした。

(ちっ、外れたか。こんな時こそ、鎮めるのに役立って欲しいのに!)

苦々しく見つめた。

城門では、荷馬車に大木をくくりつけ、門扉を打ち破ろうとしていた。

「そおおれっ‼」

さて、遺されたのは……。
今年、たった八つになる幼い妃。
それぞれに、それぞれの思いを秘めた男達。
そして……女の生首――。

完

著者プロフィール

大和田 由希江（おおわだ ゆきえ）

1973年７月13日生まれ。茨城県出身。

旧シオン短期大学日本文学科卒業。

ガンダムシリーズ（特にファーストと機動新世紀ガンダムX）と韓流ドラマ（時代劇を含む）を見たり、読書するのが好き。

幼姫妃

2015年10月15日　初版第１刷発行

著　者　大和田 由希江

発行者　瓜谷 綱延

発行所　株式会社文芸社

〒160-0022　東京都新宿区新宿1－10－1

電話　03-5369-3060（編集）

03-5369-2299（販売）

印刷所　広研印刷株式会社

ISBN978-4-286-16613-1